KB115415

시련이 찾던

그 꽃

시련이 찾던 그 꽃

발행일　2017년 12월 27일

지은이　정 정 필
펴낸이　손 형 국
펴낸곳　(주)북랩
편집인　선일영　　편집　권혁신, 오경진, 최예은, 오세은
디자인　이현수, 김민하, 한수희, 김윤주　　제작　박기성, 황동현, 구성우
마케팅　김회란, 박진관, 김한결
출판등록　2004. 12. 1(제2012-000051호)
주소　서울시 금천구 가산디지털 1로 168, 우림라이온스밸리 B동 B113, 114호
홈페이지　www.book.co.kr
전화번호　(02)2026-5777　　팩스　(02)2026-5747

ISBN　979-11-5987-915-9 03810 (종이책)　979-11-5987-916-6 05810 (전자책)

혼신의 힘

시련이 찾던 그곳

나비

이들 저들
꽃내맡기 바쁘다

이꽃 저꽃
맘둘곳이 바쁘다

이님 저님
부채질이 바쁘다

이별 저별
안쏘이려 바쁘다

산 저산

북랩 book Lab

|머리말|

나는 시인이 아닙니다.

높은 곳을 바라보면 내가 낮아지고
낮은 곳을 바라보면 내가 높아진다

라는 자각을 통해 세상의 모든 것은 조화로 이루어졌으며, 사람들 역시 자신이 태어나기 전부터 있던 조화 속에서 살아간다는 걸 알게 되었습니다.
사랑도 사랑이 유지되기 위해선 나름대로의 조화라는 조건을 성립시켜야 유지될 수 있을 것입니다.

자본주의라는 현대를 살아가며 버거운 일상에 우리는 중요한 것을 잊어가면서 산다는 걸 알게 되었습니다. 바로 감성입니다.

감성이 많으면 작은 일에도 쉽게 상처받고 약한 사람이 되는 줄로 아는 사람이 상당히 많은 듯하지만, 사실은 그 반대입니다.

감성이 많으면 그만큼 소중한 것이 무엇인지 소중함의 가치를 알며 사랑하는 사람들을 위해 내가 더 힘을 낼 수 있는 큰 힘이 되어 줍니다.
감성은 나를 더 인간답게, 더 행복하게 해줄 것입니다.

인생의 방향이란,
찾기가 어렵고 되돌리긴 더 어려운 것.

잃어버린 나침반처럼
잃었을 땐 모르지만,
다시 찾는대도 방향은 그 쪽인 것.

범죄라든가 다른 사람에게 피해나 상처를 주는 것도 모두 감성의 부족이라 생각합니다. 그래서 부족하나마 글을 씁니다.
잊혀져 가는 당신의 감성을 조금이라도 되찾아 주고 싶습니다.

이 글을 읽으며 웃음도 지어 보고 눈물도 글썽여 보고 사색도 해가며 남기는 여운으로 잊혀져 가는 당신의 감성을 좁쌀만큼이라도 되찾아 줄 수만 있다면 하는 바람으로 시를 하나씩 담아 봅니다.

정정필

|목차|

part 3
아픔

part 4 사색

part 1

사랑

낙엽

낙엽은 무엇인가
떨어지면 뒹구는
볼품없는 존재는

낙엽은 무엇인가
밟히면 찢어지는
나약함의 존재는

낙엽은 무엇인가
바람에 날려가는
의미없는 존재는

낙엽은 무엇인가
낙엽은 무엇인가
낙엽은 무엇인가

나무를 살게 한
지난날의
희 생

어머니의 손

어머니의 손을 보아라
마음을 보기에
오래 계시지 않는다
어머니의 손을 보아라

손을 보고 마음이 안 아프면
주워 온 자식이요
손을 보고 마음이 아프면
낳은 자식이라

그 손이
자식에 대한

의심 없는 진심이니

사랑이란

내가 밤하늘의 별을 사랑하고
별 역시 나를 사랑한다 해도
별은 나 뿐이 아닌 모두를 위해
반짝반짝거릴 것이요

내가 하늘의 구름을 사랑하고
구름 역시 나를 사랑한다 해도
구름은 자신의 의지와 상관없이
떠미는 바람에 떠날 것이요

내가 저 멀리 산을 사랑하고
산 역시 나를 사랑한다 해도
산은 한 발짝도 내게 안 다가서고
그 자리에 서 있을 것이요

내가 이 아래 물을 사랑하고
물 역시 나를 사랑한다 해도
물은 위에 있는 나를 그저 볼 뿐
야속히도 아래로만 흐를 것이요

내가 이 가냘픈 풀을 사랑하고
풀 역시 나를 사랑한다 해도
풀의 가냘픔마저도 내가 아닌
한 줌의 바람에 흔들릴 것이니

이렇듯
사랑이란

그가 능동적으로
할 수 있는 것과 없는 것에 대하여
순응하고 따르는 것

외연도 소나무

정상을 한 발치를 못 가
뿌리 내린 소나무여
지게를 지고는 못 넘어
묶인 발에 서 있다네

바람에 소식 물어보다
애가 닳고 추운 겨울
찬바람 몰아칠 걱정에
메인 가슴 쓸어 보네

물보다 진한 사랑이라
잘 있느냐 건강하냐
죽기 전 한 번이나 볼까
한이 맺혀 눈물짓네

바람에 씨가 고개 넘어
날린 새끼 소나무여
만남의 고개를 못 넘어
메인 부모 소나무여

벚꽃

사람들은 벚꽃의
아름다움에 매료된다

벚꽃의 한 치 아래에는
나무가 있다

아름다운 매혹이 되기까지
모진 겨울을 견뎌 낸

나무의 수고는 왜
몰랐던가

어찌 사람의 눈으로
이 한 치의 깊이를 보기가

이리도 어려웠단 말인가

그대는 꽃이 되시오
나는 나무가 되리니

그대는 아름답게 피시오
그대의 아래에 있으리니

그대가 시들어 떨어진다 해도
모진 겨울을 또 견뎌내리다

다음 봄에
다시 만날 그대를 위하여

꽃을 사랑한 벌

한낮 봄의 햇살이 잠자던
꽃 공주의 뺨에 따스함의
입맞춤을 하니
꽃 공주는 잠에서 깨어나
꽃잎의 기지개를 켠다

앵앵 벌 왕자는 꽃향기를
맡으며 꽃의 아름다움을
찾고 빠른 날개는
이 꽃에서 저 꽃으로 바쁜
발걸음을 돕는다

꽃 공주의 잎에 내린 왕자
한 향기와 한 아름다움에
한눈에 반하니
꽃과 벌 그 못 이룰 아픔의
사연이 꽃을 핀다

더운 여름 벌은 앵앵 빠른
날개로 꽃에게 부채질을

꽃은 벌의 이마의
땀을 꽃잎으로 닦아주며
사랑이 꽃을 핀다

비오는 가을은 꽃 공주의
생기를 점점 앗아만 가고
벌 왕자는 꽃잎에
입 맞추며 꽃잎에 생기를
불어 보기도 하고

꽃 공주의 시듦에 벌집의
꿀을 가져다 먹여 보지만
꽃 공주의 꽃잎은
하루 하나 바람에 서서히
날아져 갔다

오는 내일이 안 와줬으면
내일이 아니라 이 순간도
멈추고 싶은 왕자
이것이 저의 운명입니다
달래 보는 꽃 공주

꽃 공주의 마지막 꽃잎은
왕자님 사랑 고맙습니다
그동안 많은 추억
행복했어요 행복하세요
잊지 않을게요

하나 남은 꽃잎이 바람에
떨어져 내리자 벌 왕자는
꽃잎을 따라가
꽃 공주의 마지막 꽃잎에
눈물을 적신다

공주를 만나 사랑을 알게
됐고 눈물을 알았습니다
사랑합니다
꽃 공주의 마지막 꽃잎에
누워 긴 잠을 청한다

낙엽을 보내고

그동안 수고 많았소이다
못난 내가 큰 바람도
막아 주지 못하고
고생만 시켜 미안하구료

내 그대의 희생을
헛되이 하지 않으리다

눈물마저 얼어버리는
겨울의 시련을 이겨내어
우리 가지들의
버팀목이 되어 주리다

광부의 딸

딸을 데리고 석탄박물관에 갔다
친구가 석탄박물관을 다녀왔다고
딸은 가자고 조르고 조른다

안에 들어가자 어린 딸은 신났다
신기해한다 나도 이곳에 온 것은
처음이고 궁금하기도 했었다

갱도로 내려가자 밀납인형 모형이
보인다 쪼그리고 채굴하는 모습이
석탄으로 만든 석탄사람 같다

위험한 곳에 목숨 걸고 가족을 위해
일하는 광부의 모습을 보자 울컥
눈물이 쏟아져 나오려 한다

광부의 얼굴과 몸이 새까만 만큼
가족을 위한 마음이 절실했을 거다
그 마음을 생각하니 울컥해진다

광부가 들이마시던 석탄 먼지는
가족을 살리기 위한 숨이었을 거다
그 마음을 생각하니 눈물 그 이상

관람을 하고 어린 딸을 보자
울먹 울먹 울컥 울컥 눈물이 시간의
돌이킬 수 없는 강을 건너게 한다

아빠는 광부셨다
아빠의 쌔까만 얼굴과 손 옷 어떤 것
하나 자랑스러운 아빠가 아니었다

멀리서 아빠가 보이면 숨기 바빴다
피곤한 몸으로 일터로 가신 아빠는
돌아오지 않으셨다

아빠 그땐 제가 너무 어렸습니다
죄송하고 죄송하고 죄송합니다
세상에서 가장 자랑스러운 우리 아빠

빼빼로데이

작년에 환갑이 지났다
인생은 60부터라 했던가
사랑하는 아내에게 나는
무뚝뚝한 사람이었다

요즘 젊은이들이 말하는
빼빼로데이 11월 11일이
아내 생일이지만 이제까지
한 번도 사랑한다 말 못했다

우리 나이 사람들은 그렇게
살았다 금년에는 아내가
50대에 맞이하는 마지막
생일이다 벌써 이렇게 됐나

금년 생일에는 금년 가을에는
꼭 사랑한다 말을 하리라
생각하면 쑥스럽기도 하고
이게 웬 망측인가 싶기도 하고

그러나 용기 내어 꼭 말하리라
나를 위한 수고에 감사하는
마음으로 못해준 것에 미안한
마음으로 다짐해 본다

낙엽이 떨어짐을 보고 가을이
왔음을 알아야지
낙엽이 다 떨어지고 가을이
지났음을 알 때는 때는 늦은 것

쑥스럽지만 50대에 마지막
아내 생일날 빼빼로데이에는
러브레터를 담은 빼빼로와
사랑한다는 말을 꼭 전하리라

이브의 선물

흰 눈 사이로 썰매를 타고
그전엔 캐럴도 많았는데
요즘은 조용해진 건지
썰렁해진 건지

크리스마스 이브가 되면
막내딸은 아침부터 특별한
양말을 찾고 나는 출근
준비하기 바쁘다

오늘 같은 날 함박눈이
펑펑 내려 준다면 설레는
마음은 예나 지금이나
변하지 않았을 것이다

한 해도 거의 지나가고
아쉬움만이 남은 듯 하구나
올해는 뭔가 다를 줄 알았고
뭔가를 해내고 싶었는데

다른 해와 마찬가지로
달라진 건 내 나이 그리고
해낸 건 우리 아이들이
좀 더 성숙해졌다는 것

그렇게 한 해가 또 간다
나도 어릴 적엔 산타가
있는 줄 알았다 막내딸은
아직 산타가 있는 줄 안다

퇴근길에 어딜 들러야
하나 산타가 있는 줄 아는
막내딸 장화만한 양말에
뭔가를 채워야 하는데

어쩜 막내딸도 산타가
없다는 걸 알지도 그렇기에
아빠가 산타 같은 아빠가
돼 주길 바라는 양말을

어머니의 편지

사랑하는 아들아
오늘 너의 늠름한 모습을 보고
순간 눈물이 나서 어쩔 줄 몰랐다
너를 입소대에 보낸 지 엊그제 같은데
벌써 퇴소식이구나 너를 입소대 보낼 때
혼자 보내서 얼마나 미안했는지 모른다
다른 집 부모 같으면 다들 데려다 주는데
그러지도 못하고 네가 집을 나서고 나서 얼마나
울었는지 모른다

친구나 언니 아들이 군대 간다고 울었다고 해서
그게 울 일이냐고 했는데 막상
보내고 나니 눈물밖에 안 나오더라
벌써 퇴소식이라니 우리 아들 고생 많았다
항상 애들 같더니 오늘은 군인이 다 됐더구나
안 다치고 잘 있어줘서 얼마나
고마운지 모르겠다

다른 집처럼 어디 데리구 가서 맛있는 것도
못 사주고 미안하구나
너를 보면 항상 마음이 아프단다
너 어릴 적에 아빠가 사고만 안 당하셨어도
너한테 좀 더 많이 해줬을 텐데 해준 것도 없어서
아들 볼 때마다 미안한 마음이구나

오늘 건강하고 씩씩한 너의 목소리를 들으니
너무 고맙다 행여라도 우리 아들이 나쁜 길로
빠질까 봐 걱정도 많았지만 이렇게 듬직한
모습 보니 엄마는 죽어도 여한이 없을 정도로
고맙다

이등병 계급장에 충성하고 경례하는데
너무 장하고 기쁘기도 하고 울컥하기도 해서
그만 네 앞에서 눈물을 보이고 말았구나
퇴소식에 어디 데려가지도 못하구 미안한
마음이 또 드는구나
너를 엄마가 데려다 줘야 하는데 너가 터미널까지
엄마를 데려다 주는구나

자대 가서도 잘 생활해 주길 바란다
뉴스 보면 군대에서 사고 났다고 하면 심장이 철렁
내려 앉는다 너보다 먼저 온 고참들 말 잘 듣고
참고 또 참고 그래라
늠름한 우리 아들 보니 너무 장하다 아들 생각에
잠이 안온다
엄마는 일찍 일 나가야 해서 이만 줄여야 될 거
같다

사랑한다 아들아

벚꽃은 떨어지고

꽃잎이 눈 날리듯
바람에 떨어진다 이 봄의
이별에 꽃잎 떨어진
가지가 허전하다

허전한 가지를 보고
있노라니 이 마음도 덩달아
허전하매 떨어지는 꽃잎에
마음 아파 해진다

아름다운 한 송이
꽃을 사랑한 가지의 눈물을
지난밤의 별은 보았는가
밤새 흘린 눈물을

수많은 꽃송이와
수많은 가지가 아픈 이별의
눈물을 날린다 벚꽃이
바람에 눈 날리듯이

양말

엄마가 새 양말을 사주셨다
이쁘다 완전 좋다

엄마 잘 신을게요 고맙습니다
인사도 잘한다

난 착하니까 거기다가
이쁘기까지

선생님께서 내주신 숙제를 하고
엄마한테 가보니

엄마는 양말을 꿰매고 계셨다
완전 찡했다

엄마 요즘 세상에 누가 양말을
꿰매 신어요

엄마는 아무 말씀 없으시다

양말 하나에 얼마나 간다고 그걸
꿰매느냐고

누가 보면 창피하지도 않아
나두 창피하구

꾸중 들을지 모르지만 나도 모르게
그렇게 말했다

이제 한 소리 들을 일만 남았다

엄마는 아무 말씀 없으시다

돈의 노예

오늘 돈의 노예란
말을 들었습니다
마음이 정말 아프네요
괜찮습니다
나에겐 소중한
아이가 있으니까요

아이는
나의 책임이기도 합니다
아이가 있어
나는 어머니입니다
나는 어머니이기에
아이를 사랑합니다

나는 어머니이기에
할 일을 해야 합니다
나의 책임을 다 하고자
내가 들었던
돈의 노예라는 말은
얼마든지 들을게요

이 돈이 아이의 웃음을
지킬 수 있으니까요

그래요

나는 행복한 돈의 노예
입니다

건원의 잠 못 드는

진도의 밤

좋은 아빠가 되고 싶었다

그러나

그러질 못했다

난
눈물을 흘리지 않는다

내 하나의 낙엽

추운 날 언젠가 너를 만났지
그 곳에서

그리고 매일 보다시피 했지
눈이 와도

너와 많은 대화를 나누었지
해 질 녘에

날이 갈수록 넌 야위어 갔지
흔들리며

어느 날 널 찾아볼 수 없었지
어디서도

슬퍼하지 마 넌 아직도 있어
내 맘속에

초롱초롱 반짝반짝

당신의 두눈이
초롱초롱 반짝반짝

당신의 희망이
초롱초롱 반짝반짝

당신의 두손이
초롱초롱 반짝반짝

당신의 수고가
초롱초롱 반짝반짝

당신의 사랑이
초롱초롱 반짝반짝

당신의 눈물이
초롱초롱 반짝반짝

가난한 선비

해 질 무렵 홀로이
글을 읽다 허전하매
또랑가를 나와 보니
철새가 드렀구나

아 어인 세월 인고
글에 묻혀 살은 날이
달도 살짝 고개를
젓는 듯 해보는구나

입신양명 하고프나
저 노인 양반 못난
아들 둔 죗값을 크게도
치르시는 구나

또랑에 앉은 철새야
호롱불에 어머니
주름이 가히도 슬프니
글을 읽으랴 마랴

아빠의 소주병

어깨는 무겁고
보려 해도 희미한
인생의 희망아

한 잔에 한 시름
두 잔에 두 시름을
덜어나 보고자

못남을 탓하며
아빠라는 사람은
한 숨을 마신다

미안한 마음에
아빠라는 사람은
두 숨을 마신다

길에 널은 벼

농부가 길에 벼를 넌다
금싸라기

햇빛에 땅 색을 닮은 얼굴의
주름은 살아온 인생의 손금

가르치지도 못한 자식
쌀 한푸대 담아 주려 그렇게

시집갈 때 하나 해주지 못한
이쁜 딸년 미안 담아 그렇게

돌아가신 아버님이 벼 널 때
그 마음이 이랬거니 그렇게

시집와 호강 한 번 못 시킨
우리 마누라 고맙고 미안한

그 마음에
농부가 길에 벼를 넌다

국화

이 나그네 저 나그네
목마른 나그네에 물을 떠주듯
고독에 지친 나그네에
한 꽃잎 두 꽃잎 세 꽃잎

여기 한 잎 저기 한 잎
정이 고픈 나그네가 별을 헤듯
내 잎도 흐린 날 별만큼이나
많으니 꽃잎 드리리다

꽃잎에 정을 담아 드리니
정일랑은 다른 이도 나누어
주시오 정이라는 건 나눈다고
주는 게 아니니 나누어 주시오

아니 낭자 그대의 꽃잎이
하나도 없으니 어쩐 일이신지요
저는 베품을 위한 꽃이니 없다면
할 일을 다 한 것이지요

part 2

그리움

잔디

잔디가 새록새록 자라듯
그리움이 새록새록 자란다
잔디가 소복소복 밟히듯
추억이 소복소복 밟힌다

그리움이란 졌다가도
다시 뜨는 별이었나 아득하게
보일 듯 말 듯 잊을 듯 말 듯
별 같은 못 잊음이었나

지저분한 내 차 안에서
테이크 아웃 커피를 향긋하게
마셔주며 지저분한 어깨를
털어주던 추억의 그녀

잔디를 밟으며 별을 보며
클래식 음악에 커피의 향기에
그리움이 새록새록 자라고
추억이 소복소복 밟힌다

금강의 향수

금강의 화창한 갈대 공원
강 위에 떼로 나는 철새들
키 큰 갈대에 묻혀 사람이
어디 있나 보이질 않는다

뒤로 한 발짝 뒤로 한 발짝
그녀와 둘이 손을 꼭 잡고
갈대 사이를 걷는다 그녀
웃는 얼굴에 나도 웃음이

옷이 참 잘 어울리던 그녀
갈대 벽 사이로 지나가는
바람에 묻어오는 그녀의
향수가 은은히 다가온다

푸다닥 새가 놀라 갑자기
뛰어나와 나도 그만 놀라
추억이 멈춰 선다 그리고
오늘 나의 향기를 맡는다

바닷가 흔들의자

홀연히 찾아간 바닷가
소나무 옆의 흔들의자가 멈추어 있다
흔들리지 않는 흔들의자
그 멈춤의 시간을 깨운다

당연하다는 듯 발을 밀어
의자를 흔든다 흔들리는 흔들의자에
차분히 앉아 흔들림의
안락함을 감상한다

안락함의 시간이 길어지자
당연하다는 듯 추억을 찾아 헤맨다
흔들의자가 길어 내 옆의
빈자리가 커 보인다

당연하다는 듯 그녀가 떠오른다
점점 더 흔들리는 의자만큼 마음도
흔들린다 보고 싶다 그립다
이 큰 빈자리가 아프다

못 보는 이 현실이 의자처럼
흔들려 그녀를 볼 수 있었음 좋겠다
흔들의자는 앉으면 그리움을
흔들고야 마는 흔들의자

그래도 앉고 싶어지는 건

갈대

갈대는 낭만
가을의 추억이다

갈대를 보면
떠난 여인의 얼굴이

갈대를 따라
바람 따라 흔들린다

여자의 마음은 갈대라
그랬던가

남자의 때늦은 후회는
갈대보다 더

오늘 뜬 달

보름달에서 살짝 기울었지만
웃음만은 보름달 못지않다

웃는 달을 보니 나의 외로움도
덩달아 한번 실없이 웃어 본다

오늘 뜬 저 달이 내가 사랑한
그녀의 웃음을 유난히 닮았다

나는 몰랐다 그녀가 내게 웃음을
보일 때 그 웃음의 소중함을

떠나고 알았다 그녀의 빈자리는
나의 외로움으로 채워야 함을

이제는 알았다 나의 외로움은
지고 살아야 하는 짐이라는 것을

내 사랑과 함께한 생일

오늘은 내 생일이다
올해는 내 사랑과 함께 생일을 맞는다
생일 케이크는 없다

생일 축하 노래를 부를 사람이 나뿐이다
그래서 케이크는 없다
내 사랑은 말을 하지 못 한다

원래 못 한다
내 사랑이 손짓으로 생일 축하해 준다
나도 손짓해 준다

쓸쓸하지만 할 수 없다
내 사랑 옷 갈아 입혀 줘야 한다
내 사랑은 혼자 옷을 입지 못한다

원래 못 한다
그래서 옷은 내가 갈아 입혀 준다
그러자 내 사랑은 내 손등에 뽀뽀를 해 준다

옷을 갈아입은 내 사랑
나에게는 소중한 존재다
우린 그렇게 서로를 위해 가며 산다

내 사랑 웃는 얼굴만 봐도 나는 좋다
내 사랑 아침 챙겨 줘야 할 거 같다
내 사랑은 아침을 혼자서는 못 챙긴다

원래 못 한다
그래서 내 사랑 때문에 일이 좀 많다
그래도 사랑한다

어쩔 때는 대소변도 못 가려서 일이 더 많다
그래도 사랑한다
혼자서는 아무것도 못 한다

원래 못 한다

내 사랑은 지금 나를 찾는다 월월
그녀는 사랑만 남겨 놓고 떠나갔다
그래서 올해는 내 사랑과 함께 생일을

안개 낀 63빌딩

63빌딩에는 태양이 황금빛으로
빛난다

우뚝 선 황금빛의 태양에 내 꿈을
키운다

눈부심과 나 그녀와 셋이 커피를
나눈다

그녀는 나뿐이라는 지조를 자칭
황진이

황진이는 떠나고 나에게 남은 건
그리움

생각하고 싶지 않아도 떠오르는
옛 생각

63빌딩이 빛날 때 더 그리워지는
그날들

오늘은 그렇지 않다 63빌딩에는
안개가

안개는 말한다 오늘은 나를 돌아
보라고

백령도의 밤

캐슬의 가로등 사이 별 하나
은은한 가로등 그 빛을 넘어
사랑하는 이를 담은 별 하나

희미한 별은 가로등의 빛을
넘지 못하여 희미한 별에는
그리움도 보고픔도 못 담네

단 하나의 별에 오직 한 사람
나를 위해 온 사랑과 헌신을
다한 그녀의 얼굴을 담는다

그녀의 마음을 아프게 했던
지난날 나의 잘못을 저 별에
회상하며 용서를 빌어 본다

못 돌이키는 시간에 용서를
빌고 돌아올 시간에 사랑을
다해 그녀의 희망이 되리라

고향에 계신 어머니 이제는
제가 일등병이 되었습니다
사랑합니다 저 별에 새긴다

산속의 노인

산속에 홀로 사는 노인
속세를 떠나는 마음이
산같이 무거웠을 것을

아궁이에 불은 후회를
태우고 굴뚝의 연기는
외로움을 날려 보낸다

아궁이 뜨거운 고구마
노인의 눈물도 뜨겁다
그렇게 밤이 깊어가니

꿈에서나 만날 수 있나
나의 젊은 시절을 후회
해도 소용없는 시절을

코스모스

무지개를 안은 코스모스 바다
그곳에서 핸드폰 카메라 앞에
인어공주처럼 포즈를 취하던
그녀

나도 찍어준다며 나름 포즈를
잡고 있는 날 놀려대던 싸구려
반팔을 입고도 활짝 웃어주던
그녀

이쁜 얼굴이 아니라 수줍음에
얼굴을 가리고 가려진 보조개
사이로 나오던 웃음이 이쁘던
그녀

지킴을 버린 게 아니다 진 거다
인연은 왜 운명에 져야 하는가
홀로 코스모스 보니 생각난다
그녀가

비료 푸대

추석이다
차를 타고 고향으로

시골길에 오토바이 탄 부부가
아슬아슬하고 불안해 보인다
왠지 위험해 보인다
오토바이에는 안전벨트가 없다

부부의 사랑이 안전벨트다
부부란 이런 것이었나
고개 숙인 벼는 익을 대로 익고
내 나이는 먹을 만큼 먹었다

아스팔트 옆 콩잎이 손을
흔들어 반기는 듯하다
기와집 앞마당에 달린 홍시의
붉은색이 설렘을 더한다

부모님을 뵙고 또 고향 친구들은
잘 지내고 있는지
풍성한 한가위는 마음마저
풍성하게 한다

그것도
지갑이 두둑할 때 얘기지만

길가에 비료 푸대가 보인다
저것을 보니 그리워진다

깔고 썰매 타던
그 시절이

콩돌해변

동글동글한 콩돌해변
아름다운 음악을 들으며
바다를 보며 콩돌을 걸어 본다
신을 벗고 콩돌을 걷는다
혼자서 콩돌을 걷는다

단추같은 돌 콩같은 돌
그림이 그려진 돌 없는 돌
맨발을 콩돌이 어루어 만진다
쓸쓸함을 어루어 만진다
사그락 소그락 자그락

예쁜 복주머니 그림의
돌을 주워본다 긴 모양이
그녀의 복코와 닮았다 동그란
돌인 그녀에게 모난 돌인
난 많은 상처를 주었다

처얼써억 싸르르르르
다른 돌에 상처를 안 주려
처얼퍼억 쏴르르르르 콩돌은
파도에 많은 날을 뒹굴며
모난 자신을 다듬는다

강가

햇살 따스한 가을
한동안 못 봤던 그녀가
둘의 공간을 갖고 싶다기에
찾았었던 이 강가

그날 강가를 찾았다
작년에 같이 있었던 이 강가
강물이 그녀의 금발머리
흐르듯 흐른다

돌아가는 길에
갑자기 눈물을 떨구던 그녀
사정이 생겼다며 이제는
못 볼 거 같다던 그녀

그런 말을 듣고도
앞으로도 만날 줄로만 알았다
그녀 말대로 그날 이후로
그녀를 볼 수 없었다

그때 왜 몰랐을까
눈물이 추억으로의 발걸음
그 발걸음으로의 첫걸음
이었다는 것을

그녀가 보고 싶어
오늘 이 강가에 왔다 금발머리
흐르는 이 강가에서 그녀의
눈물을 이 시에 담는다

나는 못난이

그렇다 그녀를 만난 건 우연이
아니다
그녀의 사진을 보고 마음에 있었다

그래서 모임에 나가게 되었고
그녀 역시
나에게 관심이 있어 보였다

갈색머리 염색을 한 그녀는 다섯 살
연상이다
거기다 옷이 너무 잘 어울린다

예쁜 데다 아니 그저 그렇다 내 눈에는
예쁘다
성격이 좋다 편안하다 그래서 좋다

연상은 만나본 적이 없지만 막상
만나보니
완전 편하다 내게 바라는 것도 없다

나는 외로운 것이 싫다 그래서 나는
그 사람을
좋아하게 됐고 사랑하게 됐다

그 사람도 나를 사랑하는 것 같다
아니
진짜 사랑하고 있다

점점 그녀에게 빠져들고 있다 나는
가진 것도 없다
분명 이룰 수 없는 사랑인 걸 안다

그녀를 사랑한 만큼 내게 상처로 남을
것을 안다
알면서 그녀가 보고 싶어 죽겠다

그녀와의 따듯한 입맞춤이 세상에서
가장 좋다
이해심도 많아서 투정도 받아 준다

투정하고 놀리면 아랫입술을 삐쭉
내민다
그 표정이 너무 예뻐서 놀리곤 했다

이루던 못 이루던 사랑하는 그때만큼은
가장 달콤한
인생의 낭만이자 못 견딜 유혹이다

그리고 내가 사고가 났다 일부러
그런 것은 아니다
거기서 잘못됐다 오해가 시작됐다

그녀는 내가 무슨 일이라도 꾸미는 줄로
오해한 거 같다
오해란 이해할 마음이 없을 때 하는 것

이해란 이해관계가 남았을 때
하는 척
물 흐르듯 되는 것

그렇게 그녀는 오해에서 못 박았다
내가 못난 놈으로
그녀도 그럴 만했을 것이다

거친 일 하다 보니 입이 거친 게 잘못이다
그녀 앞에선
조심했는데 화가 치밀자 하고 말았다

바람이 잔잔할 때 잔잔해지기는
쉬우나 바람이
불 때 잔잔해지기는 어려웠단 말인가

거친 소리를 뱉었고 그녀는 완전 깼다
미안 미안
아무리 사과해도 이미 깼다 젠장 할

아 더 갈 수 있었는데 욕까지는 아니었지만
그 사람도
돌이킬 수 없을 정도로 깼다

성격이 좋은 만큼 한번 돌아서니
짤 없다
매달려 보려 해도 승산이 없다

그나마 없는 자존심이라도 지키는 게
지금으로써
내가 할 수 있는 최선이다

아까 말했지만 연상이다 난 남자다
이해할 거다
너무 보고 싶어 눈물을 흘려도 참았다

그렇게 일장춘몽이 허무하게 깨졌다
싱거워도 할 수 없다
매달린다고 돌이킬 수도 없다

떠난 그녀를 생각하면 지금도 설렌다
그러나
그녀가 볼 때는 이미 나는 못난이이다

맞다 지금 생각하니 그거다 품위유지
그걸 잃었다
사랑하는 여자 앞에선 꼭 품위유지

part 3 아픔

조치원 방향

조치원 방향 가는 길에
플라타너스의 손바닥 보다
큰 잎이 함박눈 내리듯
바람에 날린다

기울어 가는 햇살이 잎 사이로
나의 눈을 부신다 아름답고
쓸쓸하다 이 경치를 혼자서
본다는 것이 쓸쓸하다

너무 낭만적이고 아름답기에
쓸쓸하다 갈색 하트의 잎을
그녀에게 전해 주고 싶다
그 마음만큼 쓸쓸하다

미안한 만큼 쓸쓸하다
다시 태어난다면 널 다시는
만나고 싶지 않다 부디
좋은 사람 만나길 바란다

두루미

두루미 한 마리가
강 위를 돌 듯이 머문다
못 잊음의 날갯짓을 활짝 펴고
강 위를 돌 듯이 머문다

저 산의 정상 부근을
넘을 듯 말 듯 다시 강으로
못 떠나는 듯 두루미는 강으로
미련의 강에 돌 듯이 머문다

이 강이 님과 고기를 잡던
추억의 강이라 눈물 없이 어찌
그냥 가리요 사랑을 나누던
강이니 어찌 그냥 가리요

님을 잃은지 얼마나 되었나
두루미는 님과 머물던 강가에
다시 오리다 약속하며 서쪽
산을 넘는 날개를 그린다

희미한 가로등

희미한 가로등 기대 서 있는
저것은
멀어서 안 보이나 사람같다
아마도

가까워지자 소리가 들린다
울음의
가까워지자 소매로 훔친다
눈물을

잘 모르는 이의 눈물이지만
갑자기
나의 모아진 눈물이 나오려
애쓴다

난 왜 이리도 약한지 모른다
눈물에
살며 웃은 날보다 많은 것이
울은 날

아 인생이여 눈물 없는 곳은
없는가
아 사람과 눈물은 헤어질 수
없는가

희미한 가로등 기대 훔치던
눈물의
여인을 위해 마음속 해본다
기도를

강 건너

강 건너를 바라본다

추억의 님이
강 건너에 살고 있다

그 님은
내 마음에 살고 있다

이 강이 원망스럽다

이 강만
없다면 건너갈 텐데

나는
수영을 하지 못 한다

다리가 놓여졌다

이 강이
원망스럽지 않다

다리가
놓여졌기 때문이다

다리를 건너갔다

그 님을
만나 볼 수가 없었다

다리를
다시 건너왔다

그 님을 못 본 것은

다리가
없어서가 아니었다

다리가
없다는 건 핑계였다

내가 부족했기 때문

그녀의 주차장

가로등 아래 그녀의
주차장 환한 듯 은은한
등 아래 그녀의 차가
포근하게 잠을 잔다

짝사랑의 아픔인가
그녀보다 차에 인사한다
차를 보면 마음이 편해
그녀를 보는 듯하다

젊은 날의 이 못난 짓은
무엇인가 나를 자책해도
나를 죽이고 싶진 않다
사랑은 아픔의 과거

이제까지 살아보아도
만남의 우연과 헤어짐의
필연이 내가 할 수 있는
사랑의 한계였다

이곳에 주차하는 그녀와
헤어짐의 필연을 겪고
싶지는 않다 그래서 난
주차된 차를 본다

늦게까지 기다려도
그녀의 차는 보이지 않고
내 맘 같은 찢어진 낙엽이
빈 그 자리에 멈춰 있다

관매도 쪽 여객선 뒤

관매도 쪽 가는 배 뒤편에
갈리는 물살 멀어져 가는
팽목항에 놔두고 온 사랑

두 남녀가 커피를 마신다
저들을 보니 마음 아프다
여자가 아닌 남자의 눈물

눈물을 멈추고 손짓한다
배고픔의 갈매기를 위한
손짓에 눈물도 던지는 듯

남자의 눈물은 무엇인가
사랑인가 아님 이별인가
아닌 것 같은 사랑의 눈물

눈물이 사랑이면 여자의
감동의 포옹이 있을 거다
있어야 할 것이 없다는 건

눈물은 이별이다 남자의
눈물을 갈매기가 닦는다
마지막이 될 거다 저 잔이

꿩

새끼들의 울음소리가
게으른 벌레의 아침을
깨운다

애미는 물고 온 먹이를
새끼들에게 찢고 뜯어
먹인다

쾅 천둥소리가 아니다
애미는 놀라 품에 안고
숙인다

한참 콩닥거림이 지나
먹이를 구하러 애미는
하늘로

저녁이 되고 새끼들의
울음소리는 커져 간다
하늘로

벌레는 편안한 아침을
맞고 새끼들은 둥지에
숙였다

이기지 못한 배고픔에
하나가 울자 커져 간다
울음이

먹이를 물고 나타날 것
같은 애미는 나타나지
않는다

새끼들의 울음 소리는
배고픔을 넘어 두려움
이었다

아무리 울어도 애미는
먹이를 물고 돌아오지
않는다

벌레의 편안한 아침이
이어지고 울음소리는
줄었다

쾅 소리에 하늘 가운데
새가 떨어지고 튕긴다
탄피가

새끼들의 처한 운명이
안타까움에 울어 보는
이 마음

공원

친구가 일하는 옷가게에
속옷을 사기 위해 잠시 들렀다
여자 친구다 그것도 아주 예쁜
그냥 친구로만 지내자는 아주
얄미운 친구다

마네킹에 입혀진 체크무늬 상의가
마음을 아프게 한다
저 옷과 똑같은 것을 그녀에게
선물해 준 적이 있기 때문이다
모델같이 잘 어울렸었는데

속옷을 사고 집에 가기 전 공원에
가게 됐다 저녁이 되자
어둠에 묻어온 그리움이 나를
공원으로 안내한다 그렇게
그리움의 안내로 공원으로 간다

이 공원에서 보고 싶은 그녀를
만나던 때 모습이 환영으로 남았다

그래서 내겐 특별한 공원이다
그때가 그리울 때 그녀와 같이 앉던
벤치만 봐도 그녀가 느껴진다

여자의 입술은 감정 없는 색소폰인가
사랑한다 귓가에 아름답게 불어 주던
그 소리는 환청으로만 남았다
언젠가부터는 전화를 걸면 삑 불고
끊어 버린다

삑 소리라도 듣고 싶어 걸어 봐도
받지를 않는다 그래서 이 벤치를
서성거린다 누가 온다 둘이다 하필
그녀와 자주 앉던 벤치에 앉는다
벤치와 벌써 헤어지기엔 아쉽다

길은 하나다 벤치를 지나가면
나가는 길이다 그곳에서 서성이고
싶지 않다 나무다 나무 뒤에 몸을
기대본다 숙였다 들키면 뭔 망신인가
기대면 핑계거리는 된다

남자하고 여자다 눈을 뗄 수가 없다
지난 과거로 와서 그녀와 나를
보는 것 같다
아 부럽다 하필 그 벤치에 앉으니
눈물이 날 정도로 그녀가 그립다

가까운 사이 같다 잘은 안 보여도 둘의
거리에 공간이 없다 나도 그랬었다
키스를 하는 것 같다 그녀와 나를
보는 것 같다 저때 들었던 아름다운
색소폰 소리가 들리는 듯하다

앗 나를 의식한 것 같다 남자라고
헛기침에 힘이 들어가고 둘의 공간이
생긴다 이제 갈 길은 정해졌다
집이다 애써 태연하게 걸으며 할 일을
생각하는데 보인다 체크무늬가

땅끝마을

어기여차 바다는 잔잔해지고
어기여차 젓는 노질에 가는 배
어기여차 만선은 아니더라도
어기여차 사랑사랑 우리 아내
어기여차 흥이 절로 나는구나

이보시오 낭군님아
달이 뜨고도 기울어가오
속 타는 이 마음 재가 됐소
대체 내 말이 들리시오
장난 말고 어서 나오시오

못 잡았어도 걱정 말고
술 드셨걸랑 걱정 말고
외상 있걸랑 걱정 말고
기생 좋걸랑 걱정 말고
모습이나 보여 주시오

안 보여 주시니 좇아 가리다
좇아 좇아 갈려 해도

여기가 땅끝이오 눈물에 가려
바다도 아니 보이오
짚새기보다 헤진 맘 이제는

마지막 첫눈

오늘 사랑하는 사람
아니 사랑했던 사람
그래 사랑했던 사람
이젠 사랑했던 사람으로

남겨야 하는 그녀를
이곳 커피숍에서
만나기로 했다 나의
마지막 부탁이기 때문이다

이유는 모른다 난 독하지
못하다 그녀 말을 따라 준다
그녀를 사랑한다 따라 주는
것이 나의 사랑이다

분위기 좋게 함박눈이
그것도 올해 들어 첫눈이
지금 내리는 이 첫눈이
그녀의 마지막을 반기는가

선우와 아기단풍

어느 봄날 선우는 집 근처 작은 산에 올라간다
빨간색 얇은 자켓에 한 듯 만 듯 한 얇은 화장을 한
날씨는 화창하고 따스한 봄바람이 짜증나지 않을
정도로 살짝 덥다
오랜만에 밖을 나온 선우는 푸른 하늘의 뭉개구름
과 봄바람에 두 팔을 벌려보기도 하고, 조심스레
"으아 좋다" 입소리를 내기도 하며, 한 발짝씩 작은
산의 정상을 향해 올라갔다

오랜만에 나와서 그런지 얼마 못 가 숨이 찼다
"헉 헉" 마침 벤치가 있어 그곳에 앉는다
벤치 옆에는 크지 않은 단풍나무가 서 있다
한참을 숨을 돌리고 단풍나무를 쳐다본 선우
그리고는 가장자리에 붙은 하나의 단풍잎을 유심
히 쳐다본다

단풍나무에 선우 자신도 모르게 다가서고 만다
맨 가장자리 단풍에 관심을 갖고 보며
"어머 어쩜 이렇게 예쁠까 마치 아기 손 같이
너무 예뻐"

단풍나무 잎 아래 왼손을 펴서 갖다 대자 단풍잎은
선우의 손바닥에 올려졌다
오른손으로 마치 아기 손을 쓰다듬듯 조심스럽게
살살 쓰다듬는다
"정말 아기 손 같아"
단풍잎의 냄새도 맡아보고 자신의 얼굴에 살짝 갖
다 대 보기도 하면서 눈물을 글썽이는 선우

단풍나무야
"나는 선우라고 해 아름다울 선, 벗 우. 아름다운
친구라는 뜻이지 앞으로 나랑 친구하자 알았지"

그리고 이틀 뒤 산에 오르다 다시 단풍나무를 만난
선우는 그 잎을 손바닥에 올려 놓고 살살 단풍잎이
안 다치게 조심스럽게 쓰다듬고
조심스럽게 악수하며 "반갑다 아기 손아"
"단풍나무야 지난밤에 잘 지냈지?"
"나도 잘 있었단다" 하며 단풍나무를 살짝 안아준다

며칠에 한 번씩 작은 산을 오르며 단풍나무를 안아
주며
단풍나무와 그 잎과 친해진 선우

여름의 어느 태풍이 불던 밤

선우는 잠을 못 이루고 남은 어둠보다 가까워진 해뜸의 시간 작은 산에 오르기 시작한다

그리고 다른 날보다 발걸음이 빨라진다
"헉 헉" 바쁜 숨을 몰아가며 단풍나무까지 가서 아기 손바닥 같은 단풍잎을 본다
순간 눈물이 흐르는 선우
"잘 있었구나 밤새 얼마나 걱정했는지 몰라"
선우는 또 그 잎을 손바닥에 올려놓고 쓰다듬으며 냄새도 맡아보고 볼에 살짝 갖다 댄다

그렇게 며칠에 한 번씩 작은 산에 오르며 단풍잎을 어루만지며 단풍나무를 살며시 안아주던 선우
계절은 어느덧 늦여름이 되었고 단풍나무에게 약속을 한다
"단풍나무야 아기 손 잎아 얼마 안 있으면 가을이구나"
"빨갛게 물이 잘 드는 모습 보여줘 알았지. 나도 꼭 보러 올게. 약속"

그 뒤로 가을이 무르익을 무렵에도 선우는 작은 산에 모습을 보이지 않았다
잎은 빨갛게 물이 들었고 단풍나무와 그 잎은 약속을 지켰다

하루가 지나고 또 하루가 지날수록 빨갛게 물들은 그 잎은 더 흔들려져 갔고 얼마 안 있어 떨어질 것을 나무는 알았다

지나는 바람에게 단풍나무는 부탁을 한다
"바람아 사실은 나 선우라는 사람을 사랑해"
"그래서 약속대로 그녀가 좋아하는 잎에 더 정성들여 물들였어"
"그 잎을 내가 갖다 주고 싶지만 난 한 발짝도 못 움직이잖아"
"아 그녀가 보고 싶어도 한 발짝도 못 움직이는 내 신세여"
"바람님아 눈물로 부탁할게"
"그녀가 사랑한 그 잎을 산 아래 그녀에게 전해줘"
"금방이라도 떨어질 것 같아 무릎이라도 꿇고 부탁하고 싶지만 그러지도 못하는 신세이니 제발 부탁하네 바람님아"

"이보게 단풍나무"
"나무가 사람을 사랑하는 건 자연의 금기인 걸 모르나?"
"그녀를 사랑하고 그 잎을 내가 전해준다면 자연의 금기를 어긴 자네는 죽게 될 걸세 난 자네를 죽게 할 수 없네"

"이보게 바람님아"
"죽어도 여한이 없으니 사랑하는 그녀에게 잎을 전해 주게 부탁하네"

"사랑을 위해 자신을 버리겠다니"
"사랑이란 어리석음인가 아름다움인가"

잎의 흔들림 그에 의한 떨어짐

선우는 창문을 열고 창밖을 바라보고 있다
앞마당에 바람에 날리는 낙엽을 보며 혼잣말을 한다
"그래 인생도 저 낙엽처럼 날리다가 뒹굴다가 어딘가에서 한 줌의 거름이 되면 그뿐이겠지"
앞마당에 바람에 날리는 먼지를 보며 혼잣말을 한다
"그래 인생도 저 먼지처럼 의미 없는 건지도 몰라"
"그래 낙엽 따라 먼지처럼"
"이제 내 영혼을 놓아 주고 싶어"
"그만 힘들게 하고 싶어"
"나를"

미리 준비했던 물 컵과 수면제를 한 웅큼 손에 잡고 천천히 입으로 가져가는 그때

불어오는 바람에 창 안으로 신의 선물인 듯 날려
들어오는 빨강 단풍잎
순간 선우는 물 컵과 수면제를 놓치고 만다
하염없이 흐르는 눈물
천천히 단풍을 손에 올려놓고 한 손으로 쓰다듬으
며 냄새를 맡아보고는 아기 손 단풍잎임을 직감으
로 알아낸다

"흑흑 미안하구나"
"아기 손아 이렇게 예쁘게도 물들어 줬구나"
"내가 약속을 지키지 못했는데"
"너는 약속을 지켜 주었구나"

선우는 노처녀였다
노름꾼 아버지의 빚 때문에 유흥가에 팔려가기도
하면서 온갖 세상의 상처를 받으며 살다가 서른 중
반이 넘어 사랑하는 남자를 만나 아이까지 임신했
으나, 그 남자마저 선우에게 돈만 빌려서 임신 7개
월이 되자 자취를 감췄고 충격과 불안감으로 인해
아이는 조산되어 인큐베이터에서 생을 마쳤었다
그로인해 선우는 우울증을 앓았고 산도 올라보며
극복하려 했으나 우울증이 더 심해져 수면제를 준
비하게 된 것이었다

선우는 눈물을 흘리며 단풍나무를 찾아갔고, 그 잎이 있던 단풍나무의 빈자리에 아기손 단풍잎을 갖다 대며
“그래 내가 잘못했어 아기손아”
“다시는 안 그럴게 엄마가 미안해”
“내년에도 후년에도 영원히 나에게 빨강 단풍잎을 선물해줘 영원히 받으러 올게 약속할게”
“이번엔 꼭 지킬게”

자연의 금기를 어긴 단풍나무는 그다음 해에 죽지 않았다 단풍나무에 있던 아기 영혼이 하늘나라로 대신 가 주었기 때문이다

천상의 춤

구름 위 구슬픈 가락에 맞추어
선녀가 구슬픔의 춤을 춘다
구름같이 하얀 옷에 하얀 손
구슬픔의 손목이 고개를 젓는다

한발을 딛고 천천히 한발을 디뎌
한 바퀴를 천천히 도는 버선이
구름에 가렸으나 구슬픔의
가는 목과 손목이 고개를 젓는다

구슬픔에 겨웠는가 빠르게
한 바퀴를 도는 한쪽 손 손가락은
하늘을 보고 한쪽 손은 저쪽
구름을 보듯 어깨선을 안 넘는다

젖혀진 고개에 눈꼬리를 따라 돌며
떨어지는 눈물이 땅으로 날려
내려진 곳 땅 아래 잠든 내님을
못잊는 선녀가 천상의 춤을 춘다

장승

천하대장군 지하여장군 두
장승이 아닌 한 구탱이 홀로
부리부리하게 지켜 서 있다

무서운 얼굴로 지난밤 여러
잡귀들을 쫓아내고 낮에는
아이의 조롱에 같이 웃는다

어느 곳 이름도 명패도 없어
뉘신지 물어보려 다가서도
무서운 얼굴에 물러 서진다

입은 벌렸으되 말없이 지낸
긴 세월이 한이 된 듯 무서운
얼굴에 외로움이 젖어 있다

최후의 선택

밤하늘에 별도 참 많다
저 많은 별들 중에 내 맘을 알아주는
별이 있기나 하겠는가

밤하늘이 나를 버리시고
낮 하늘은 나라를 버리시는구나
하늘을 원망하기도 늦었다

하늘이 무너져도
솟아날 구멍이 있다더니 나라가
무너지니 그것도 없으니

이제 죽음은 내가 선택할 수 있는
것이 아니다 남은 것은 비굴함이냐
당당하게 죽느냐이다

아 사랑하는 이들이여 흐아아
사랑하는 님이여 나 계백은 당당한
죽음을 선택하노니

그 후 오천결사와 황산벌의 넋이 된
젊은 장군 계백 그 젊은 날의 한이
탑정호를 채운다

한강 그 옆의 찻집

그녀와 둘이 커피를 마신다
생각나는 옛일 이 자리에서
그녀와 커피를 마시던 그날

한강에 비친 해의 눈부심이
내 미래가 되길 바란 건 그녈
사랑한 영원한 동행의 희망

마음의 정표 건네준 반지를
받고 웃던 해가 비친 얼굴은
나의 삶의 희망 믿음의 약속

그때 오늘이 그날이 된 오늘
얼음보다 더 찬 그녀의 입술
도는 세상 끝난 듯한 나의 삶

사랑은 현실의 벽에 깨지고
벽 앞에 순응한 좌절의 눈물
적은 눈물로 못 녹이는 얼음

아 찢어지는 청춘아 창밖의
안개가 현실 내게 받은 마음
돌려준다며 올려놓는 반지

초승달

기울은 초승달이
늘어진 전깃줄에 걸린 듯
서 있고 별들은 오늘도
자신만의 빛을 낸다

초승달 모양이 많이
본듯한 모양에 걸려 있는 듯
달의 웃는 얼굴은 움푹
파여 보이지 않는다

오늘 초승달 모양이
초승달 목걸이와 똑같다
움푹 파인 목에 걸었던
첫사랑 그녀의

초승달만 보면 이루지
못한 첫사랑이 생각나니
그녀는 나에게 영원한
못잊음으로 남는가

주황색 달

산 중턱에 걸린 보름달
하얗지 못한 주황색 달
같은 모양에 주황색은
어떤 슬픔을 보았는가

산 중턱 주황의 보름달
나무의 부러진 가지의
아픔을 보았는가 걸쳐
조각난 구름 때문인가

산 중턱 캄캄한 외로움
때문인가 갈 곳도 없이
달빛에 홀로 날아가는
새의 고독을 보았는가

내 눈에 고인 이 눈물을
위로하기 위함인가 왜
하얗질 못하고 주황색
얼굴로 이 밤을 우는가

외연도의 고목

섬의 작은 길가
뼈같은 고목이 초겨울
찬바람 웃옷을 벗고
팔을 벌려 바다를 품는다

낙엽에 달렸을
수많은 날들만큼 수많은
별들을 헤아리며
그렇게 밤을 견뎌냈나

부러진 가지에
걸렸을 커다란 설움만큼
커다란 달을 보며
그렇게 생을 살아왔나

친구도 연인도 없이
막대기 같은 지난 청춘의
삶을 살았던 고목은
팔을 벌려 고독을 품는다

갈대숲 너머 석양

갈대숲 너머 서쪽에
하늘이 붉겋다
해는 벌써 지고 없는데
흩어진 구름이 붉겋다

무슨 설움이 그리 많아
흩어졌는가 바람은
갈대숲을 흔들고 석양에
내 마음은 붉어진다

마당쇠가 마당을
빗자루로 쓸어 놓은 듯
구름이 쓸어져 있고
붉음에 물들었다

그냥 지나쳐도 될 일을
무슨 설움이 그리 많아
왜 저 석양의 붉음에
눈물지어야 하는가

팽목의 항

웃으면서 가던 너
웃는 얼굴로 돌아오마
배움과 추억 갖고
집으로 돌아오마

친구에게 가던 너
우정을 쌓고 돌아오마
남쪽에 스승님과
머물다 돌아오마

꽃다운 세월 속에
순한 양처럼 돌아오마
따듯이 연꽃 속에
정조 때 돌아오마

정조가 몇 번 지나
따듯한 희망 기다리마
피같은 사랑으로
영원히 기다리마

part 4

사색

나비

이들 저들
꽃내맡기 바쁘다

이꽃 저꽃
맘둘곳이 바쁘다

이님 저님
부채질이 바쁘다

이벌 저벌
안쏘이려 바쁘다

이산 저산
도망가기 바쁘다

이리 저리
생이짧아 바쁘다

호미곶의 여인

시월의 마지막
일출인가 쌀쌀해진 바닷바람
동쪽을 바라보는 얼굴에
일출이 담겼다

젖은 눈가에 번진 화장은
어떤 사연의 오늘인가
그녀가 입은 밤색코트는
젖은가을 무엇을 말못함 인가

상생의 손 위의 갈매기는
알고 있을까 사연을
소리 없이 뜬 일출을 바라보는
그녀가 아름답다

치마에 밤색코트가
이렇게 잘 어울릴 줄이야 지금
나는 일출을 보고 있다
그녀의 얼굴에 뜬

꽃 마음

이 꽃은 왜 이 꽃 모양이고
저 꽃은 왜 저 꽃 모양인가

그건 꽃 마음
꽃이 마음이 있냐고

나비의 마음은 꽃같이
생긴 걸 좋아해

꽃은 나비가 필요해서
그렇게 생겼어

난초

붓을 들었다 위로 긋다
휘어지면 난초요 올라가면
대나무니 난초냐 대나무냐
붓 들기 전에 맘 잡수시요

이리 저리 맘 못 두면
나를 담으려 생각도 마시요
붓에 담으려 맘 잡쉈다면
내 허리 좀 잘 잡아 주시요

작은 화분에 묻혀 사는 나라
얕보지 마시요 섭섭하면
향기를 보이고 싶지 않으니
다른 꽃을 맡으시요

난초의 가냘프고도 소박한
지조가 참으로 아름답구나
두레박에 우물 깃는 아낙을
보는 듯 조심스러우니

산

울끈 불끈 기운이 솟는다
삼라만상의 여신들이
긴 소매를 대고 탈춤을 추듯
빙빙 돌으니 봉우리가 되고

웃음과 기쁨의 봉우리와
눈물과 아픔의 골짜기를
삼라만상의 여신들이
치마로 싸니 능선이 된다

장단에 맞춰 바위가 솟고
부채춤에 맞춰 풀이 자라
나무가 빠져서야 되겠는가
새소리가 들려야 산 아닌가

승천하지 못해 기대있는
구름에 숨 돌려 가라 하고
고됨을 담는 순수한 이에
굽이굽이 쉬며 가라 하시네

황진이와

누정의 연못에 둥근 달이
환히도 비쳐주니 달빛을 다 담기에
연못이 작아 네 아리딴 얼굴에
달빛이 담기는구나

드는 술잔에도 달빛이 들고
주전자를 잡은 네 하얀 손에 달빛이
드니 가는 손목이 참 곱기도 한 게
사슴인 듯 여인인 게

이팔 청춘이라 했던가 그보다
아름다운 것이 무엇이더냐 달빛에
반짝이는 비녀가 모든 별빛을
다한 거보다 부시니

달 아래 술이 달이 된 듯 밝음에
흐르는 술인 양 물인 양 하여도 너의
자태가 흐트러짐이 없으니 가히
천하일색 황진이로구나

구름의 지조

구름은 머지 않아
눈물이 되어 내린다
아름다운 구름의 생이
그리 길지 못하니

땅에 있는 것들에게
자신을 허락치 않은
때 없는 하얀 속살은
구름의 지조였구나

바람이 구름을 탐하려
다가 서 보지만
밀순 있어도 지조를
꺾지는 못 하는구나

바람마저 탐할 수
없었던 구름의 지조는
땅의 님의 곁으로
눈물이 되어 내린다

매화

기생년들이 매화 매화
왜 하는지 알겠다 매화보다
이쁘지 못한 것들이 매화에
자신을 비유함이다

기생년들이 매화 매화
왜 하는지 알겠다 매화보다
지조도 없는 것들이 매화의
지조를 시기함이다

선비놈들이 매화 매화
왜 하는지 알겠다 배움보다
향기에 빠진 놈들이 매화년
향기에 푹빠짐이다

가슴앓이가 매화 매화
왜 하는지 알겠다 겨울보다
차가운 너의 심장을 매화의
꽃잎에 녹여봄이다

오월의 장미

초록색 줄기와 그 잎이 싱그런
그대는 젊음의 생기
아침 이슬이 입술처럼 촉촉한
그대는 멋쟁이 처녀

봄햇살을 받아 피어난 한 송이
그대는 오월의 요정
가시에 찔려 쉽게 손댈 수 없는
그대는 봄의 황진이

꽃잎이 사랑을 포개 놓은 듯한
그대는 이해와 용서
울긋불긋 여러 가지 색을 갖는
그대는 마음의 표현

붉은 꽃잎이 밝은 립스틱 같은
그대는 싹트는 사랑
마음을 받을 때 최고의 선물인
그대는 설레임의 꽃

낙엽과 문학

낙엽아 너는 문학이
무엇인지 아니?

내가 떨어지는 게
문학이고
내가 날려 가는 게
문학이고
내가 나 뒹구는 게
문학이고
내가 밟히는 소리가
문학이고

바람에 스치는 나뭇잎이
문학이고
푸른 잎이 갈색이 되어도
문학이고
울긋불긋 낙엽소리가
문학이고
붙어 있어도 떨어져도
문학이지

니가 어찌 볼지는 몰라두

낚시꾼의 찌

누군가에는 기쁨이
다른 이에는 아픔이
하나의 찌에 담겨 있다

인내가 필요한 자와
무지함에서 벗어나야 할 자가
하나의 찌에 담겨 있다

인내로 기회를 만들려는 자와
건들까 말까 생존의 무지함이
하나의 찌에 담겨 있다

인내가 부족한 자는 기회를 잃고
무지한 자는 생존을 잃게 됨이
하나의 찌에 담겨 있다

구름

조금 있다 보면 웃고 있고
조금 있다 보면 뭐가 뭔지
조금 있다 보면 솜사탕이
조금 있다 보면 누굴 닮고

바람이 이리 밀면 이리로
바람이 저리 밀면 저리로
바람이 세게 밀면 빠르게
바람이 안 밀면 그 자리에

흩어졌다 가도 모아지고
모아졌다 가도 흩어지며
요리조리 갔다 움직이며
이런 거 저런 거 흉내쟁이

흐린 날에는 울었다가도
기쁜 날에는 웃었다가도
내 맘 같다가도 네 맘 같고
네 맘 같다가도 내 맘 같아

날

해가 뜬다
날이 밝는다

우아한 백로가 다른 이와
시선의 마주침을 외면하고
우아함을 벗어놓듯

나도 그렇듯

우아함의 옷을 벗은 백로는
고기를 잡는 기다림의 수고를

나도 그렇듯

기다림의 수고가 주는
물고기를 먹듯 나도 그렇듯

백로는 우아함의 옷을 입고
이 우아함의 자태가 나 자체라
말하듯 날지 않는 날갯짓을

나도 그렇게

날이 저문다
해가 진다

눈싸움을 보며

추억은 이루지 못함으로
남는다 이루면 현실로
남겠지만 못이룰 땐
아픔으로 남는다

두 남녀가 눈싸움을 한다
함박눈 함박웃음 약간
부럽다 잘 어울린다
여자의 롱코트가

나도 그남자와 롱코트를
입고 눈싸움하던 날이
생각난다 사랑했다
추억으로 남았다

인생의 선택은 중요한 것
적어도 돈에 있어서는
그것이 여자 아닐까
난 현명한 선택을

슬픈 희망의 눈사람

눈꽃송이가 차분히 내린다
환한 가로등 사이로 내리며
가슴이 터질 듯한 설레임을
간직하고 털모자에 앉는다

아침이 되자 수북히 쌓인 눈
여기 저기 쌓인 눈을 치우고
여기 저기 눈싸움이 달린다
우리들은 하얀 눈이 반갑다

굴리자 동그란 배볼떼기에
단추를 달자 굴리자 동그란
얼굴에 눈과 코와 귀를 달자
막대기 팔을 단 하얀 눈사람

듬직하고 예쁜 동글눈사람
눈사람 입가에 웃는 입모양
봄이 오면 눈사람이 녹는다
그러면 아빠도 일이 생긴다

겨울산행

바람 쪽으로 걷고 싶었다
겨울산 속으로

사람들의 시선을 이긴 채
겨울산 속으로

옛 생각이 쫓아와 달렸다
겨울산 속으로

아무리 달려도 옛 생각은
나보다 빨랐다

옛 생각은 어느덧 저 멀리
정상을 지나서

보이지 않게 나보다 훨씬
먼저 가 있는 듯

난 온힘이 빠져 더 이상은
못 달려가겠다

이제 천천히 걸으며 멀리
나보다 앞서간

옛 생각의 자리까지 그냥
가야 할 것 같다

시간이 좀 걸리더라도

대나무

속이 빈 거냐 없는 거냐
생각을 비운 거냐 없는 거냐
비웠으면 학문이 높고 없는 거면
무지함이 높은 것이니

속이 없는 거면 줏대 없이
휘어졌을 것이나 반듯한 곧음이
학문이 높아 지조를 아는 이의
비움이 아니겠는가

그 잎이 푸르고 달빛에는
그 잎이 한 폭의 산수화를 닮아
마치 산수화 안에 들어온 듯
글 읽는 선비가 된 듯하니

마디마디에 설움이 맺히고
마디마디 사이엔 비움이 있어
설움과 비움 그 이어짐의 삶이
사람의 삶과도 같구나

물레방아

계곡 옆 물레방아가 돌고 돈다
위에 떨어지는 물은 적정의 물
기둥은 놓지 않고 받치는 고됨
아래 떨어진 물은 지나간 흔적

지저귐의 눈을 가리는 고요함
밤이 와도 걱정의 물은 흐르고
물래는 걱정을 담아 돌고 돌며
기둥은 놓지 않고 받치고 있다

기쁜 물이 흐르면 웃으며 돌고
아픔이면 그게 도는 거지 돌고
물도 따슨날 찬날이 있는 거라
흔적일랑은 또랑에 묻고 돈다

물이 끊길라 걱정 막힐라 걱정
기둥이 아플라 부러질라 걱정
아버지의 삶도 어머니의 삶도
걱정 담아 돌고도는 물레방아

묘미

이별의 상처가 아물었나 아니
아직은 남아 있다 오라 안 하는
산을 그래서 온 게 아닌가

길이 좁아진다 운 좋다 내 앞에는
갈색머리 염색이 단풍보다 예쁜
다소곳한 발걸음의 여인이다

아름다운 뒷모습에 은은한 향기
아 내 심장과 마음이 요동을 친다
길이 좁음에 감사할 지경이다

마음은 다스려 보아 가라 앉히나
쿵쾅 심장은 가라앉질 않는다
아 남자의 본성이여 때 아닌

길이 넓어지자 갈색의 다소곳한
발걸음을 앞서야 하는 이 마음 아
짧은 길이 원망스러울 지경이다

나의 몸은 다소곳한 발자국 보다
앞서 가지만 나의 심장은 아직
다소곳한 발걸음의 갈색에 있다

미운 오리

살랑이는 바람에 날리는
갈대의 머릿결 나를 부르는 듯
손짓 같은 머릿결에 잠시
세상살이를 잊어 본다

작은 산을 끼고 도는 강의
잔잔함 위 붉은 석양이 눕는다
아기자기 일어나는 물결
강을 건너는 오리 가족

아빠오리와 엄마오리가
앞장을 서고 새끼들이 조올졸
뒤를 따라 간다 참 행복해
보이는 오리 가족이다

새끼 하나가 잠시 한눈을
팔다 뒤쳐지자 엄마와 아빠를
따라가려 빨리 오리발을
젓는 모습이 참 귀엽다

아빠오리와 엄마오리와
다른 형제 오리들과 줄을 맞춰
가는 모습이 참 앙증맞다
그렇게 강을 건너간다

지금 생각하니 참 귀엽고
예쁜 오리 새끼들이다 어릴 적
나도 저랬었는데 생각이
든다 지금은

바람 따라

나를 스치는 이 시원한 바람은
어디에서 오나

바람의 복잡한 과거는 알아서
무엇하겠는가

바람은 생겨서 없어질 때까지
쉬지를 못하니

자유로운 만큼 머물지 못하는
외로운 삶이네

나를 스치는 이 시원한 바람님
얼루 가시는가

나는 가련다 저 산 너머 구름 속
님 찾아가련다

그렇담

나도 따라 가련다 눈물 닦고
바람 따라 시 따라

바람이 지나치니

바람이 풀을 지나치니 풀잎이
바람에 흔들리고

바람이 나무를 지나치니 나뭇잎이
바람에 흔들리고

바람이 물 위를 지나치니 물결이
바람에 흔들린다

바람이 사람을 지나치니 마음이
바람에 흔들리고

바람이 사랑을 지나치니 상처로
바람에 흔들리고

바람이 이별을 지나치니 그리움이
바람에 흔들린다

바람이 분다

바람이 분다 바람이
땅에도 불고 물에도 불고
내 맘에도 분다

땅에 부는 바람은
알 수 없는 바람

물에 부는 바람은
욕심을 버리는 바람

내 맘에 부는 바람은
그리움이 밀려오는 바람

바람을 기다린다 바람을
땅도 기다리고 물도 기다리고
내 맘도 기다린다

땅이 바람을 기다리는 건
기다릴 줄 모르는 자들을 위한 것이며

물이 바람을 기다리는 건
알 수 없는 우연과 필연들의 속삭임

내 맘이 바람을 기다리는 건

바람이 불어야
바람을 알 수 있기 때문이다

은행나무 가로수 풍경

가을의 한적한 어느 찻길
줄 이은 은행나무 가로수
바람에 떨어지는 은행잎
세 잎 네 잎씩 나부껴 본다

나무의 생기있는 샛노랑
고깔모자 줄을 선 모습이
무명 화가의 유화 속으로
들어온 듯 편한 아름다움

한적한 찻길에 누워 있던
은행잎은 어느 지나치는
차에 다시 일어나 뒹굴되
쓸쓸하지 않는 아름다움

한 여인이 한 손엔 가방을
빈 손엔 근심을 흰 얼굴엔
눈물을 감춘 채 걸어간다
은행나무 가로수 풍경 속

내 마음속 뜬 별

공원 연인의 조각상
조각상 앞에 혼자인 나
조각상 위의 밝은 별
별 아래 나에 익숙한 나

나도 비쳐 주는 별빛
별빛 아래 반짝이는 너
수많은 별을 너에게
선물할 때 안아 주던 너

줄 거라곤 별들 밖에
없던 나를 위로하던 너
수많은 별보다도 더
나에겐 아름다웠던 너

과거에 반짝였던 빛
그 빛이 오늘의 빛인 별
오늘도 내 마음속에
반짝이는 과거 속의 너

벤치

나는 벤치입니다
언제든지 앉으세요

하지 않은 약속에
당신을 기다립니다

어떤 이들은 사랑을
어떤 이들은 이별을

어떤 이들은 외로움을
어떤 이들은 그리움을

나라는 벤치에 앉아
달래고 갑니다

사연을 소중히 하는
나는 벤치입니다

섬의 산

혼자라 자유롭고

혼자라 심심하다

그래도 인생은

혼자 넘어야 될 산이 있다

그 산에서

나는 듣는다

나의

숨소리를

아름다운 시

아름다운 시를 쓰고 싶다

아름다운 시를 쓰고 싶다

아름다운 시를 쓰고 싶다

그럴려면

아름다움을 찾아야 한다

무엇이

아름다움인가

가장 아름다운 시

나에게 있어

당신이

세상에서

가장 아름다운 시

입니다

셋이 간 해운대

별이 쏟아지는 해변으로 가요
음악을 들으며 해변으로 간다
나 그리고 친구와 친구의 애인

친구가 애인하고 가는데 왜
따라가냐고 혹시나 해서 간다
인생 뭐 있나

밤이 되자 폭죽이 터진다
아름답게 터진다 불꽃이 꽃이다
꽃이되어 터진다 내 맘도 터진다

터지는 꽃 터지는 소리에
터질 듯한 혹시나 아 터뜨려 버리고
싶은 청춘의 밤이여

아름다운 불꽃의 색보다 더 진한
색의 아름답고 해맑은 여인이 바로
내 옆에 있다

아름다운 그녀의 얼굴에 나의 눈이
걸렸다 비키니에 가운을 걸친 그녀
위를 보느라 살짝 벌어진 입술

아 너무 순수해 보이고 해맑다 그런
그녀가 지금 내 옆에 있고 그녀 옆에는
남친이 있다 그것도 듬직한

그 듬직함에 눈을 일단 깔아본다 위로
눈을 위로 깔다니 아 나의 삶의 지혜여
이렇게 혹시나가 역시나로

해운대의 별은 더 반짝거린다
설렘에 반짝이고 젊음에 반짝이고
사랑에 반짝이고 추억에 반짝인다

신선의 일상

산봉우리에서 바둑 한 수
구름 타고 쇼핑을 가니
주차장이 뭐 하는 데냐

곡차 한 병 허리춤에 차고
휘파람에 냉큼 달려온
구름 타고 무릉도원으로

가던 길에 도끼자루 썩는 줄
모르는 나무꾼 놈 데려다
집에 놓고 물을 건너는데

허허 저 영감탱이 사람 델고
장난한다 도끼를 고르래나
금도끼 은도끼 쇠도끼

어허 이건 또 뭐다냐 선녀가
애들과 태워 달라 손짓이다
나무꾼놈한테 딱 걸렸다나

바쁘다 바빠 무릉도원에서
한 잔하고 한 잔을 더 할래두
신선마트에 외상이 과하니

어디에서 오는가

여기에 풀이 있다
여기에 나무가 있다
여기에 새가 있다
여기에 꽃이 있다
여기에 여인이 있다

사랑이란 마음으로
다시 보니

사랑스런 풀이 있다
사랑스런 나무가 있다
사랑스런 새가 있다
사랑스런 꽃이 있다
사랑스런 여인이 있다

어울림

혼자 간 커피숍 테이블에
한 잔의 커피가 외로움과
어울린다

작은 꽃이 커피 잔 옆에
놓여져 있다 작은 꽃은
무엇과 어울리나

떠오르지 않는다
나 혼자 앉은 테이블이다
나와는 안 어울린다

그렇다
이 꽃과 어울릴 만한 다음
손님

위도의 노을

구름이 그림같이 아름다움을
더해 주니 못 본 날은 탓을 말자
하늘배경에 그려 놓은 구름의
그림에 연인들이 붓을 더하고

산인가 바위인가
산이라 하기엔 바위고 바위라
하기엔 산이니 뭔들 어떠하리
소나무가 그림에 붓을 더하고

연인의 따듯한 포옹에 지나는
갈매기가 그림에 붓을 더하고
고동소리가 귀에 붓을 더하니
낭만의 그림이 그려지는 노을

바람이 부르는 추억의 섬
저 기 위도라네

음악을 들려준다

나무에게 음악을 들려준다
풀들에게 들려준다
하늘에게
별들에게
그림에게

나의 귀로 듣고
마음으로 들려준다

이렇게 하나가 된다

바람에게 음악을 들려준다
추억담아 들려준다
사랑담아
이별담아
후회담아

미안 미안 미안
그녀에게 전해달라

바람에 날리는 눈물

왜

밤하늘 가운데

이 별이라는

별에는

아름다움이란

없나

이별이란

갈색의 유혹 단풍의 유혹
오르는 산 한 발짝 몇 발짝
낙엽이 오른쪽 어깨에서
왼쪽 허벅지로 떨어진다

몇 발짝 낙엽이 떨어진다
몇 걸음 낙엽이 돌 듯 날려
몇 발짝 다가오는 그리움
몇 걸음 들어가지는 추억

이별이란 무엇인가 저기
떨어진 낙엽같은 것인가
이별이란 무엇인가 걷자
길에 밤송이가 떨어졌다

줍는데 앗 따가워 찔렸다
뒤집어보니 속은 비었다
이별이란 밤 껍데기인가
건들면 찔리고 속은 빈 것

별

밤이 오자
별이 잠에서 깬다

하나둘씩 눈을 비비고
하나둘씩 초롱초롱
하나둘씩 반짝반짝

하나둘씩 엄마를 담고
하나둘씩 동생을 담고
하나둘씩 누나를 담고

하나둘씩 사랑을 담고
하나둘씩 이별을 담고
하나둘씩 추억을 담고

하나둘씩 아픔을 담고
하나둘씩 사연을 담고
하나둘씩 후회를 담고

오늘도 많은 것을 담고
초롱초롱 반짝반짝
초롱초롱 반짝반짝

튤립

튤립아

넌 왜 그렇게도 예뻐야 했니

화단에

항아리가 깨졌자나

풀과의 대화

문득 풀에 물어 본다
너는 행복하니?
풀이 답을 한다
행복한데

너는 오늘 무엇을 얻었는데?

풀 : *암것도 없는데*

근데 머가 행복해?

풀 : *멀 얻어야 행복한 건가*
그냥 오늘 하루를 살은 것만으로도
행복한데

하지만 사람은 너네랑 달라
일해서 돈도 벌어야 하구

풀 : *삶이란 살아있다는*
그 자체만으로도 가치가 있는 거야

풀을 보며

사람은 자신이 행복할 때
기쁠 때
풀은 쳐다보지도 않는다

사람은 자신이 우울할 때
슬플 때
풀을 보며 위안을 삼는다

저런 것들도 사는데

풀은 너를 위해 산다

화물트럭 기사님

가을의 달밤 구름 없는 반달
달을 따라 화물차가 달린다
도시의 화려한 불빛에 나의
허탈함을 내려놓고 달린다

짐을 실으면 가볍고 빈차면
무거운 마음 연기에 날린다
종이커피에 낭만을 즐기며
가족사진에 졸림을 떨친다

왼쪽의 노랑 선은 사랑의 선
오른쪽의 흰 선은 행복의 선
사랑과 행복을 지키기 위해
두선을 넘지 않고 달려간다

반달이 커져 보름달이 되듯
내 인생의 희망도 커질 날이
있으리라 사랑한다 여보야
사랑한다 내 아들아 딸들아

가을

이 화창한 날씨의 외로움은
꽃잎 떨어진 꽃대의 홀로 남음
때문인가
이 선선함 가운데 그리움은
잎 바랜 갈색낙엽의 초록 추억
때문인가

왠지 모를 이 허전함은
떨어진 낙엽이 남긴 저 빈자리
때문인가
마음 한구석 이 아픔은
돌아오지 않는 낙엽의 부질없음
때문인가

스치는 인연에도 가슴 아픈 것은
스치는 낙엽을 다시는 볼 수 없기
때문인가
내일이 기다려지지 않는 것은
기약 없이 날려가는 낙엽의 허무함
때문인가

이 가을이 가지 않았으면 하는 것은
꽃다운 나의 생에 시듦을 보았기
때문인가
누구를 만나도 가시지 않는 쓸쓸함은
내 맘을 알아주는 이 없는 이 가을
때문인가

가을의 여인

누가 나를 사랑해 주지
않아도 좋다
내가 이 가을을 사랑하리라

누가 나를 사랑해 주지
않아도 좋다
내가 이 낙엽을 사랑하리라

누가 나를 사랑해 주지
않아도 좋다
나의 외로움을 사랑하리라

누가 나를 사랑해 주지
않아도 좋다
나의 쓸쓸함을 사랑하리라

오늘은 누가 나를 사랑해 주지
않아도 좋다
오늘은 내가 나를 사랑하리라

오늘은 바람이 시작되는 저 쪽
어디론가 나와
아름다운 동행을 떠나고 싶다

시간이 날 때

시와

사색과

한 잔의 커피

시는 커로

읽는 것이
아닐까요

작아도
좋으니

소리 내어
읽어 보세요

내가 읽어 주고
내가 들어 주며

나와 대화하고
나를 알아가는

그런 것들이
시 아닐까요

100편의 시

당신께 시를 써 보시라
말하고 싶다

시를 쓰고 나서
지금은

내 마음속에
시인의 마음을 갖게 되었다

당신도 할 수 있다
이유는

나이가 들면서 사람은
누구나 100편의 시를

마음에 담고
살기 때문이다

등대

어둠에 때를 잃은 그대여
나를 보고 오라

어둠에 길을 찾는 그대여
나를 보고 오라

어둠에 꿈을 잃은 그대여
나를 보고 오라

어둠에 생을 찾는 그대여
나를 보고 오라

어둠에 님을 잃은 그대여
나를 보고 오라

어둠에 나를 찾는 그대여
나를 보고 오라

가을 가로등

낙엽

나

가로등에 떨어지는 낙엽이 비칠 때
나는 쓸쓸해진다
떨어진 낙엽이 바람에 아스팔트를
혼자 뒹구는 모습이 가로등에
비칠 때 나는 더 쓸쓸해진다

가로등에 안 떨어진 낙엽이 비칠 때
나는 쓸쓸해진다
안 떨어진 낙엽이 마지막 잎새가 되어
그리움에 흔들리는 모습이 가로등에
비칠 때 나는 더 쓸쓸해진다

가로등에 홀로 서있는 여인이 비칠 때
나는 쓸쓸해진다
핸드백 안에서 손수건을 꺼내 차분히
눈물을 닦는 모습이 가로등에
비칠 때 나는 더 쓸쓸해진다

가로등에 둘이 서 있는 연인이 비칠 때
나는 쓸쓸해진다
연인의 다정한 웃음소리 위로 저
잎새 같은 나의 외로움이 가로등에
비칠 때 나는 더 쓸쓸해진다

삶

얼듯한 아침 한 포기 풀
이슬에 감사하는
푸른 잎새에 부끄러워진다
삶에 대한 의지에 대하여

오늘도 나는 부끄러움 없는
삶을 살길 바랐다
허나 현실이 나를 부끄럽게
살아가게 할 때도 있다

그때마다 줄어드는
생존의 의지 그때마다
알고 싶어지는 생존의 의미
아 눈물이 흐르려 한다

이것이 내가 살아가는
자본주의란 말인가 그래
괜찮다 저 바람은 나에게도
불어 주기 때문이다

part 5
가치

시련이 찾던 그 꽃

세상을 모르는 태어남
거기서 멀어져간 시간
마냥 철부지를 지나쳐

들판에 홀로 핀 꽃처럼
시간에 떠 밀리 듯 홀로
삼키는 걸 알아간 눈물

지울 수 없는 흔적들과
쌓여만 갔던 상처들에
그렇 듯 찾아든 시련들

어찌할 줄 몰랐던 인생
살고 싶었기에 찾아야
했던 내 눈물 속의 그 꽃

시련이 찾던 그 꽃

순수

사람의 몸이 본질이면
마음은 순수이다

마음에 무엇을 담느냐가
그 사람이 된다

나의 마음이 맑으면
다른 이의 맑음을 알고

나의 마음이 흐리면
다른 이의 흐림을 모른다

그렇기에

다른 이의 흐림에서 받은
나의 상처는

내가 만든 것

고작

찻길에 돌이 뒹군다
작은 돌 하나 주워 본다
차에 깔린지 얼마 안된 듯
정신도 잘 못차린다

단단함을 잃으면 돌은
부서지고 만다
그러면 흙이 되거나
모래 비슷해지겠지

차에 깔리며 밟혀도
단단함만은 지키려
온 힘을 다해
자신을 놓지 않는다

그래서 된 것이

고작 돌

나 자신을 사랑하는 것

사람은
지난 과거의 아픔을
잊고 싶어 한다

이유는 간단하다
아프기 때문이다

그러나
그 아픔은 쉽게 잊혀지지
않을 것이다

잊은 듯
다시 찾아오는 아픔들
어쩌면 영원히 남을 수도

나 자신을 많이 사랑하면
지난 과거의 아픔도

나의 사랑으로 나를 감쌀 수 있을 것이다

나는 행복합니다

당신은?

나는 행복합니다

나는 행복합니다

나는 행복합니다

이 주문을 외우세요

그러면

당신도 행복합니다

당신도 행복합니다

당신도 행복합니다

낮에 본

밤의 외로움을 견디며

무서움도 이겨 내

자신의 삶 자체를

하늘에 맡기고

운명을 원망 않으며

오늘을

충실히 살아가는

이가 있다

낮에 본 풀

더

바람은
빠르고 자유롭다

바람보다
더
빠르고 자유로운 것이

사람의 마음

마음의 샘물

마음의 상처는 퍼도 퍼도
마르지 않는 샘물

마음의 기쁨은 두 번 자면
잊혀지는 샘물

잘한 건 잊혀지고 못한 건
기억되는 샘물

마음의 샘물은
나밖에 모르는 샘물

퍼도 퍼도 마르기 힘든

욕심

사람의 욕심은
우주보다 크다

거짓말 같으신가

마음에 우주를
담아 보시게

더 갖고 싶은 걸
생각해 보시게

살기도 힘든데
엉뚱한 소리한다

하지 말고 한 번쯤
생각해 보시게

물

자신의 존재를 아는 이들이
모여 물이 되어 흐른다

자신의 존재를 모르는 이들은
아래에서 위로 다 가버리고

자신의 존재를 아는 이들이
모여 잔잔함을 이룬다

센 바람이 힘자랑을 하며
물의 잔잔함을 빼앗지만

센 바람은 머물지 못해도
물의 잔잔함은 머물 것이다

자신의 존재를 아는 이들이
모였으니 잔잔해질 밖에

반딧불

별이 점점 밝아오고
호수가 달빛을 닮자

반딧불이 나른다
반딧불이 빛을 낸다

저 미약한 빛이
낮이었다면 어땠을까

반딧불은 알고 있었다
밤을 기다려야 함을

나는 모르고 있었다
기다림을 위한 인내를

반딧불이 내는 저 빛은
기다림의 빛이었다

백로

신선인가 선녀인가

흰수염이 날개같고
우아함이 비단같다

눈동자가 신선같고
긴다리가 선녀같다

고요함이 신선같고
가는목이 선녀같다

신선이던 선녀이던
백로에게 필요한건

피라미

보복운전

욱하는 그걸 못 참는가

내 말대로 해보시게

눈을 감고 마음속으로

잔잔한 저수지를 그리고

잔잔한 수면을 그려 보게나

욱하는 마음을 수면 아래로 담그게

그러면

욱하는 바람이 열이 불 때

욱하는 물은 둘만 움직일 걸세

사람의 마음이 돌이 아니고

둘도 안 움직이겠는가

불

불은 꺼뜨리지 않기 위해 태운다

불은 바람과 만나면 더 세진다

불은 선과 악을 구분하지 못한다

불은 모두 태워 재로 만든다

불을 마음에 담으면

꺼뜨리지 않기 위해 태운다

바람과 만나면 더 세진다

선과 악을 구분하지 못한다

모두 태워 재로 만든다

미래의 운명

나의 미래의 운명을
알고 싶다면

오늘 하루를 되돌아보고

나의 미래의 운명을
바꾸고 싶다면

나 자신과 싸워라

나 자신과 싸우겠다고
마음먹는 그때부터

져도 이기는 것

사랑하는 마음

하늘의 마음은 사랑이니
사랑하는 마음으로 보라

너의 것을 잃지 말고
사랑하는 마음으로 보라

이기려 하지 말고
사랑하는 마음으로 보라

사랑하는 마음으로
너의 것을 기다려라

사랑하는 마음으로
얻은 것이 너의 것이니

사랑하는 마음으로
세상을 보고 너를 보라

숲속의 소나무

숲속에 사는 소나무의 삶
사람의 삶과도 비슷하니
많은 상처를 간직한 채로
잊은 채로 우직한 존재로

햇볕을 잘 못 받는 가지는
시간이 가며 부러뜨린다
햇볕을 잘 받기 위해 몸을
구부리며 이리저리 튼다

구부러지지 않은 거목은
요즘에 말하는 금수저다
햇볕도 잘 드는 좋은 땅에
먼저 뿌리내린 소나무다

늦게 뿌리내린 소나무는
이리저리 햇볕을 찾아서
구부리고 부러뜨리면서
위로 부지런히 자라간다

늦게 뿌리내린 소나무는
조건이 그리 좋지 않아도
소나무는 아무도 탓하지
않으며 묵묵히 살아간다

당신처럼

사춘기에 있는 아들 딸에게

진정한 용기란 무엇일까?

진정한 용기란
상대방에게 정중하게 나의 마음을
말하는 것이란다
바로 표현의 자유
그리고 표현을 할 수 있는 표현의 용기
그것이 진정한 용기란다

예를 들어 학교에서 너보다 힘센 아이가
널 괴롭히면 엄마나 아빠
선생님한테 표현해라
학교는 배움의 장소이지
누가 센지 가려내는 옥타곤의 링이 아니란다
따라서 힘이 약한 건 하나도 부끄러운 게 아니란다
용기 내어 표현해라

학교의 진정한 힘
아는 것이 힘이다 라는 말처럼
앎의 힘을 길러야 하는 곳이다

왜 정중히 말해야 하냐면 말투가
안 좋으면 다른 오해를 할 수도 있고 또한
상대방을 존중하는 마음을 가져야 한다는 것이지
벼는 익을수록 고개를 숙인다고 했듯이
인격도 마찬가지란다

중요한건 상대가 너를 약간 무시해도
너부터 상대를 존중해 줘라
먼저 상대방을 존중해 줘라
그다음 그의 태도를 봐라
그러면 너도 생각이 생길 것이다

너네 나이에서는 마치
자신의 팔이나 몸에 칼로 긋거나
또는 담배 같은 것으로 몸에 상처를 내면
그것이 용기인 줄로 알 수도 있는데
착각이란다

그런 행동을 하는 것은 상대방에게 나의 마음을
표현할 수 있는 용기가 없기 때문이란다

그리고
저기 보이는 풀이나 나무 그리고 살아 있는
모든 것이 살아가기 위해 자신에게 주어진

어려움이 있단다
그 어려움을 헤쳐 나가려 하는 것
그것이 진정한 용기란다

사람도 마찬가지란다
내가 살아가면서 나에게 주어진 어려움이
누구에게나 있단다 누구의 탓이 아닌
나의 몫이지

그리고
너가 살아가기 위한 올바른 방향
그것을 잃지 않는 것이 진정한 용기란다
알아듣겠지

그러니까
내가 살아가야 할 올바른 방향을 잃지 않는 것
그렇게 하기 위해 나에게 주어진 어려움은
누구의 탓으로 돌리지 않고 스스로
헤쳐 나가려 노력할 것
또한 세상은 나 혼자 사는 것이 아니기 때문에
상대방에게 정중히 나의 마음을 표현해서
대화를 통하는 것

이것이 바로 진정한 용기란다

그런 용기가 없는 사람들이 자신의 몸에
흉터를 내면서
마치 이것이 용기라 과시하는 것이지

그러나 그것은 잘못된 용기다
오기라고 하는 것이지
잘못된 것에 대하여 아무리 용기가 있어도
오기일 뿐이며 오기의 댓가는
후회일 뿐이지

나 자신을 사랑하지 않아서 생긴 나의 상처는
평생 내가 갖고 살아가야 한단다
간만큼 되돌아 와야 하는 고통이지

간 만큼 안돌아 올 것 같지만
사람은 나이가
들면서 인생을 알게 되고 나의 소중함을
알게 되지

나에게 주어진 어려움이 있다 하더라도
나 자신을 사랑해야 한단다

이제 진정한 용기가 무엇인지 알겠지?

소나무

소나무는 자신이 받은
상처를 돌려주려
하지 않는다

소나무는 안다

받은만큼 돌려주어도
자신의 상처는 그대로
남는다는 것을

그렇기에
소나무

상대방 성격

의 끝을 보려 하지 마라
이겨도 진 것이요

나 스스로 선을 지켜라
져도 이긴 것이니

오기에 오기로 맞서는 자
이겨도 진 것이요

오기에 나를 잃지 않은 자
져도 이긴 것이니

오기에 목숨 거는 자
갈 곳은 무덤일 것이요

오기에 후회를 아는 자
오기를 만들지 않음이니

이불

어떤 이는 이불을 버린다
어떤 이는 이불이 너무 작다
어떤 이는 이불이 허리까지 온다
어떤 이는 이불이 가슴까지 온다
어떤 이는 이불이 너무 얇다
어떤 이는 이불이 좀 찢어졌다
어떤 이는 이불을 뺏기고 만다
어떤 이는 푹 덮어도 될 정도로 좋다
찢어지지도 않고
얇지도 않고
작지도 않고
뺏기지도 않는다

그런
이불을 잘 덮고 밤하늘의 별을
마음에 담고 편히 잔다

이불은 바로
마음을 덮어 주는 감성의 이불이다
이불이 없으면 흐아 뭘 할지 모르는 사람

이불이 작거나 얇으면
미움과 시기와 복수심 앙금이
이불 밖으로 나와서
나를 괴롭힌다

이불이 잘 덮힐 정도로 크면
미움과 시기와 복수심 앙금이
이불 밖으로 못 나와서
행복한 삶을 꿈꿀 수 있을 것이다

경비원

저는 초등학생입니다

우리 경비원 할아버지는

자상하십니다

그래서 저는 매일매일

경비원 할아버지를 보면

인사를 합니다

그런데 뉴스를 보면

나쁜 아저씨가 경비원 할아버지를

때렸다고 하던데 눈물이

났습니다 이 세상에는

나쁜 어른들이 너무 많은 거

같습니다 우리 경비원 할아버지는

때리지 말아주세요

우리 경비원 할아버지는 맨날 기침도

하고 약도 먹는 거 같던데

우리 경비원 할아버지는 때리지

말아주세요 제발요

자신감을 잃은 딸에게

사랑하는 딸에게
요즘 자신감이 없어 보여서
글로 전할게

자신감이란
없던 것에서 금방 생기는 게 아니란다

자신감이란 나무처럼 자라는 거야
손가락보다 얇던 나무가 자라서
튼튼한 나무가 될 때까지는
많은 겨울과 비바람과 눈보라를
이겨냈기 때문이지

나무 밑의 풀 한 포기도
경쟁이란 피할 수 없단다
경쟁이란 살아 있는 모든 것들의
살아가기 위한 피할 수 없는
숙명 같은 것이지 안타깝지만

나뭇가지에 달린 수많은 나뭇잎처럼
나뭇잎이 하나 둘이 없다 해도
나무는 살지만
나뭇잎이 다 없어지면
나무는 못 사는 거야

오늘의 노력이 하나의 나뭇잎이 되고
작은 노력을 소중히 해서
많은 나뭇잎이 달린
튼튼한 나무 같은
자신감을 갖길 바란다

우리 딸 힘내~

작은 풀

사람

작은 풀이 블록 사이에 산다
너무 작아 발로 밟으면
흔적도 없이 사라질 것 같다
작은 풀이 약하고 관심 없다

풀

너는 아마 이틈에서 살라고 하면
사람들의 발길이 무서워 못살 걸
왜 이런 곳에 날려 보냈냐고
죽을 때까지 바람을 원망할 걸

변화

변화하지 않을수록
존재의 시간은 길다
사랑도

변화해야
존재의 시간이 긴 것은

변화하지 않는 것을
못 본 것

사다리

나를 밟고 올라가시오
대신에 꼭 잡으시오

그대가 올라간 만큼
떨어지면 아플 것이니

올라간 만큼 꼭 잡으시오

올라간 만큼 자세가 높아지면
그만큼 떨어질 것이고

올라가도 자세를 낮추면
떨어질 일이 없을 것이니

자세를 꼭 잡으시오

인생처럼

어둑어둑한 저수지 옆
쌀쌀한 저녁 오두막의
굴뚝에 연기가 나온다

하늘로 가면 구름될 줄
알았던 연기는 바람을
붙잡고 하늘로 오른다

흰 연기는 구름이 되려
하늘로 갔지만 연기의
뜻대로 되지는 않았다

연기는 생이 너무 짧아
자신의 존재를 알기 전
흩어짐으로 사라졌다

완벽

어차피 완벽은 없다

나 자신의
완성도를 높여가는 것이지

모든 것이 완벽은 없다

완벽이 존재한다면 완벽이란
단어뿐이다

완벽이란 없기에

나 자신의
완성도를 높여가는 것이다

내가 아는 전부가 그저 일부일 뿐
그러나

전부를 알려 하면
그 일부마저 모르는 것이 사람이니

나 자신의
완성도를 높여가는 방법은

나의 자세를 낮춤에 있으니

정림사지 5층 석탑

돌을 다듬는 망치소리가 흥겹다
모난 돌도 정을 맞는 돌도 정겹다
그렇게 석탑은 살아있는 선녀로
다섯 날개를 달고 백제에 내린다

오랑캐가 백제의 땅에 칼을 대고
불태우며 그녀를 무너뜨리고
얼굴에 장수의 이름을 새기니
그대는 한 맺힌 아름다움이어라

계백장군과 오천결사의 넋마저도
그녀를 지키지 못하니 오호통재라
정림사지의 아름다운 선녀시여
그대는 혼을 담은 백제의 꽃이시니

정림사지 5층 석탑이시여
우리는 후손들입니다 그대 얼굴에
오랑캐 장수의 이름이 무엇입니까
대한민국이여 부국강병을 하라

정림사지

정적인 것과 동적인 것의

강 위에 바람이 지나
물결이 살랑살랑 일어나니 강이
살아 보인다
강가에 바람이 지나
갈대가 합창하듯 흔들리니 갈대가
살아 보인다

무덤가에 나비가 지나
노랑에 부채춤을 추니 무덤가가
살아 보인다
연못에 금붕어가 지나
연못에 울긋불긋 색상에 연못이
살아 보인다

바다에 어부의 배가 지나
바다에 하얀 물살을 가르니 바다가
살아 보인다
산중턱에 새가 지나
산의 고요함에 날갯짓을 하니 산이
살아 보인다

하늘에 구름이 지나
푸름이 군데군데 하얀 것에 하늘이
살아 보인다
먼지에 바람이 지나
허공에서도 바람을 느끼니 바람이
살아 보인다

조화

공간과 물질의 조화

공간이 없다면 숨 쉴 틈도
움직일 수도 없으며

물질이 없다면 공간은
존재의 의미가 없다

인생도 마찬가지

물질로 마음을 채우면
쉴 자리가 없으며

공간으로 마음을 채우면
의미 없는 삶이 되니

하늘 땅

하늘을 바라보면
땅이 안 보이고

땅을 바라보면
하늘이 안 보이니

안보려 해도 볼 수밖에
없는 게 땅이요

벗어나려 해도 벗어날 수
없는 게 땅이니

하늘을 더 바라보시게

어쩔 수 없지 않은가
하늘엔 아무것도 없으니

이보시게 산의 정상의 흙을 퍼
집으로 가져와 보시게

거기가 정상인가 결국 사람은
빈 손으로 돌아가는 거라네

콩나물

어머니는 시루 속 콩나물에
바가지로 물을 떠 끼얹는다
콩나물은 물을 먹고 자란다

시루 속 콩나물은 물을 먹고
먹은 만큼 감사하듯 자라서
어머니의 손길을 맞이한다

나는 마음이라는 시루 속에
이김이라는 허영을 키우고
욕심이라는 물을 끼얹는다

욕심의 물이란 차고 넘쳐도
솟는 물 다른 이가 가진 것은
더 좋은 걸로 가져야 하는 물

시루 속엔 콩나물이 생존을
위해 물을 먹고 내 마음속의
허영은 욕심의 물을 먹는다

그래요
나
말입니다

마음의 상처

차분히 눈을 감고
내 마음의 문 앞에 서서 마음의
문을 연다
문을 열면 컴컴한 곳이 있을 것이다
겁먹지 말고 마음의 문 안으로 들어가라
나의 말을 믿으라

그곳에서 내가 외로웠고 고통스러웠던
나를 찾으라 분명 고통 속에서 울고 있는
나를 볼 것이다

고통 속에서 울고 있는 나의 손을 잡고
위로하라
나의 어깨를 두드리며 위로하라
"그때 많이 아프고 힘들었지만 잘 견뎠다"
"얼마나 힘들었니" 나를 부둥켜 안고 위로하라
충분히 위로하라

또 내가 다른 사람에게 상처주고 고통 준 일도
있을 것이다

그때 그 사람을 찾아서
그때 그 사람에게 충분히 사과하라
나이가 어려도 반드시 존댓말로 충분히 사과하라
"그때는 제가 세상을 잘 몰랐습니다"
"저로 인해 고통받게 해서 진심으로 죄송합니다"
충분히 사과하라

그리고 아주 어릴 적
나의 모습을 찾으라 착하고 순수하던
아주 어릴 적의 나

어릴 적의 나를 찾아 안아보라
그 마음을 찾아보라
그 어린아이가 바로 스스로의 너니라

그리고 마음의 문을 나와서
문을 닫아라

위와 같이 몇 번을 시간날 때 반복하면
마음이 한결 가벼워질 것이다

가벼운 마음으로
더 행복하게 살길 바라는 마음으로 이글을
적어 봅니다

후회

오늘의 잘못 살음은 훗날의 후회를
만든다

훗날의 후회가 되어 도저히 되돌릴 수
없는 날이 바로 오늘이다

후회로 남을 것을 알면서 오늘 왜
후회를 만들려 하는가

오늘은 가깝고 훗날은 멀어 보여도
훗날은 피해가지 않는 것

오늘의 후회가 아픔이 크지 않아
큰 아픔을 만들려 하는가

훗날 후회는 혼자 오지 않고 나의 늙음을
데려오니 어찌할 방법이 없다네

후회밖에는

마음가짐

삶이란 이기고 짐의
영역이 아니다

나의 삶
그것이다

조화를 벗어나지 않는
나의 삶

그 영역이다

이김에서 얻는 것이
아니라

나의 노력에서 나의 것을
얻는 것이다

행위의 실체

모든 것은 조화 안에 있음이니
조화를 벗어난
모든 생각은 나를 힘들게 할 것이다

동적인 것과 정적인 것의 조화
그 조화 속에
우연과 필연의 조화

가까이 있는 작은 산이 멀리 있는
큰 산을 가리듯
동적인 것은 정적인 것이 되기도 하고
정적인 것은 동적인 것이 되기도 하니

어 허
어느 장단에 맞춰 춤을 추오리까

높은 곳을 바라보면 내가 낮아지고
낮은 곳을 바라보면 내가 높아지는 법

크고 강함에서 작음을 보고
작고 약함에서 강함을 보라

복잡함에는 끝이 없으나
단순함에는 깊이가 있으니

단순함에 머물며 깊이를 더하고
나의 부족함을 돌아볼 줄 아는

아름다운 행위의 실체로
존재하라

|이 글을 마치며|

누구에게나 주어진 고통이
있을 것입니다.
나 역시 주어진 고통에서
벗어나고 싶었습니다.

그래서 마음을 비우려 했습니다.
그러나 비운다는 건 쉽지 않았습니다.
그리고 비운다고 해도 다시
생기는 것이 사람의 마음임을 알았습니다.

그래서 알고 싶었습니다.

비움으로써 비움이 아닌,
앎으로써 비워지는 것.
나 자신을 아는 것.
세상을 아는 것.

그렇게
나의 삶을
나를 알아가는 것임을.

그전에 내가 썼던 글 몇 개는 좋다고 생각이 되어서 옮겨 보고 내게 주어진 바닷일도 좀 해가면서 시를 쓰기 시작해 원고를 마치는 데까지 50일 정도 걸린 듯합니다. 어쩌면 스스로 알아가기 위한 과정이 있었기에 가능했을 수도 있습니다.
그러나 더 중요한 것은 시에 미쳐보고 싶었습니다.
그리고 이 시집을 씁니다. 혼신의 힘을 다해.

돌아가야 할 때가 된 듯합니다. 나의 삶으로.
내게 주어진 시간은 그리 많지 않았습니다.
또 내게 더 많은 시간이 주어졌다고 해도 이보다 더 잘하기는 어려웠을 것 같습니다.

그만큼 내가 할 수 있는 걸 다 한 듯합니다.
나무의 빈 가지들을 보는데 혼잣말이 나왔습니다.
"일지춘심을 자규야 알랴마난"
그리고 난 작아집니다.

그리고 들리는 음악이 잘도 흐릅니다.
그냥 막연히 신이 나를 도와 주실 거라 믿었습니다.
백령도에서 일이 끝나고 밤에 잘 무렵,
여인이 하얀 옷을 입고 구름위에서 춤을 추는 모습이 보이는 듯 아른거리기에 눈을 떴다가 몇 번을 깜박거리고 다시 눈을 감았는데, 다시 보였습니다.
그래서 보이는 듯했던 것을 적었습니다.
그래서 나온 시가 〈천상의 춤〉이라는 작품이 되었습니다.

〈은행나무 가로수 풍경〉이라는 작품도,
은행나무 가로수의 너무 은은한 그러면서도 뭐라 표현할 수 없는 그런 느낌들을 시에 담고 싶었습니다. 도저히 내가 쓰려는 게 무엇이고 어떻게 써야 할 줄 몰랐습니다. 그래서 포기 상태였습니다.

그런데 '은행나무 그 길을 한 여인이 가방을 들고 걸어간다'는 모습을 머리에 담고 집에 돌아와 포기 상태였던 시를 다시 써 내려갔습니다.

〈최후의 선택〉이라는 작품은,
계백장군을 위로하고 싶은 마음인지 뭔가 시를 쓰고 싶었습니다. 계백장군이 사랑하는 가족을 하늘나라로 보내기 전, 그 찢어지는 눈물의 독백을 시에 담고 싶었습니다.
그 심경을 헤아려 보려 했으나 어려웠고, 그날은 유난히 별이 밝았습니다. 그렇게 나온 작품입니다.

달밤에 호수를 갔습니다.
호수에 차를 세우고 있는데 뭔가 느낌이 좋았습니다.
이 자리에서 시가 하나 나올 것 같았습니다.
그래서 그냥 한 줄씩 쓰다 지우다 하다가,
내가 신분 높은 정승대감이 되어 황진이가 따르는 술을 받는 상상을 하며 〈황진이와〉라는 작품을 쓰게 되었습니다.

〈호미곶의 여인〉
영원히 잊을 수 없는 작품입니다.

시를 82편 정도 썼을 때 이 작품을 쓰고, 30여 편 정도를 삭제하게 되었습니다.
그러나 이 작품으로 인해 시를 쓰는 속도가 늘어나게 되었습니다.

〈나비〉
〈호미곶의 여인〉을 쓰고 두어 시간이나 지났을까. 그동안 나비라는 소재로 시를 쓰려다 지웠다가 다시 별생각 없이 쓰다가 나오게 된 작품입니다.
써 놓고 한참을 쳐다보는데 글자의 조합이 너무 예뻐서 눈물이 흐를 지경이었습니다. 지금 봐도 너무 예쁜 작품입니다.
〈나비〉라는 작품을 쳐다보다 피곤에 지쳐 잠든 줄도 모르게 잠들었습니다.

〈조치원 방향〉
아주 오래전 보았던 너무 멋진 풍경을 담고 싶었습니다. 도저히 글로 표현할 수 없었습니다.
거기서 온 자괴감. 그 자괴감에 생라면을 뜯어 소주 한 병을 먹고 그냥 보인대로 내 마음을 적었습니다.

쓰다가 오타난 것 이외에는 한 번도 수정하지 않고 단번에 써 내려간 작품입니다. 뭐랄까 참 좋은 작품이 나와 주었다는 생각입니다.

그렇게 또 소재와 표현의 힘겨움, 그 한고비를 넘게 되었습니다.

해 질 무렵, 차를 타고 뚝방길을 지나던 차에 떠올랐던 <빼빼로데이>. 이 작품을 쓰고 가던 길을 다시 가다 석양의 구름을 보고 썼던 <갈대숲 너머 석양>. 그 시를 쓰고 다시 가는데 내 차 앞 멀지 않은 곳을 지나는 철새를 보고 오래전 가난한 선비의 마음을 썼던 <가난한 선비>.

이 세 작품이 한 뚝방길을 가던 차에 써졌습니다. 한적했기에 차를 세우는 건 문제 없었습니다.

대나무에 대해 시를 쓰고 싶었으나 쉽게 접근할 수 없었습니다. 대나무, 난초, 국화, 매화…….
아시다시피 이들은 사군자입니다.
잘 못 썼다가는 본전도 안 나온다는 부담감.

매화는 거의 본 적이 없고 난초 역시 아는 게 없었습니다. 그래서 지인에게 전화로 난초에 대해 물어보니 별로 아는 건 없지만, 꽃이 폈다 안 폈다 한다고 해서 〈난초〉와 같은 시가 나오게 된 것 같습니다. 국화는 지나는 길에 가끔 본 게 전부이고, 대나무는 지나는 길에 많이 보았지만 생각해 놓은 게 없었습니다.

어쨌거나 잘 쓰고 싶었습니다. 그리고 써 내려갔습니다. 그 작품이 좋은 작품이던 아니던 그게 내가 할 수 있는 전부입니다. 그렇게 나를 사랑하는 걸 배워가는 것입니다.

〈낙엽〉, 그리고 반야산에서 보았던 장승을 보고 썼던 시.
〈장승〉, 〈가을〉, 〈정림사지 5층 석탑〉.

그 외의 시들…….
하나하나 사연 없는 시가 없는 듯합니다.

시를 쓰는 동안 너무 힘들었고, 너무너무 행복했습니다. 그리고 이제는 시를 사랑하게 되었습니다.

시처럼 나를 돌아보기 좋은 건 없는 듯합니다.
당신도 시를 써 본다면
스스로에 대해 많이 알게 될 것입니다.
그래서 당신도 시를 써 보시라 말하고 싶습니다.

나의
시련이 찾던 그 꽃

그 꽃은
나의 눈물 속에 있었다

당신의
시련이 찾던 그 꽃

그 꽃을
찾을 수 있길 기도드립니다

이 시집에 총 142편의 작품을 담아 봅니다.

〈1 + 4 + 2 = 7〉

당신이 가라 해도
가지 않겠습니다
당신이 가시밭길을 가시면
따라 가겠습니다
당신이 눈물을 흘리시면
같이 흘리겠습니다
당신이 어딜 가시든
함께 하겠습니다

7 올림
끝.